Klarant Verlag

AF152167

Jan Olsen ist das neue Pseudonym eines seit 1991 in verschiedenen Genres erfolgreichen Schriftstellers. Jan ist mit einer Hebamme verheiratet, hat drei inzwischen erwachsene Kinder und darf sich seit Kurzem auch Großvater nennen. Als Kind des Nordens ist er der Nordsee mit all ihren rauen und lieblichen Facetten besonders zugetan und ließ kaum eine Ferienzeit verstreichen, ohne diese Gestade mit seiner Familie zu besuchen. Auch heute noch stehen Ferien an der Nordsee jedes Jahr auf dem Programm. Seine Vorliebe für die Nordsee und die dort lebenden Menschen kann er in seinen Ostfrieslandkrimis nun nach Herzenslust ausleben.

Jan Olsen

Die Leiche des Netzflickers

Ostfrieslandkrimi

Klarant Verlag

Copyright © 2025 Klarant GmbH, Rockwinkeler Heerstraße 83, 28355
Bremen
Klarant Verlag, www.klarant.de – www.ostfrieslandkrimi.de
E-Mail: ostfrieslandkrimis@klarant.de
ISBN: 978-3-68975-231-6
1. Auflage 2025
Umschlagabbildung: Klarant Verlag
Alle Rechte vorbehalten. Das Werk darf – auch auszugsweise – nur mit
Genehmigung des Verlages wiedergegeben werden. Der Verlag behält
sich die Verwertung der urheberrechtlich geschützten Inhalte dieses
Werkes für Zwecke des Text- und Data-Minings nach §44 b UrhG
ausdrücklich vor. Jede unbefugte Nutzung ist hiermit ausgeschlossen.
Ähnlichkeiten in dem Ostfrieslandkrimi »Die Leiche des Netzflickers«
mit real existierenden Personen sind rein zufällig und nicht beabsichtigt.
Printed in the EU.

Kapitel 1

Mit wiegendem Seemannsschritt schlenderte Tido Looke im Windschatten des Deiches gemächlich an der Kaimauer entlang. Vom gegenüberliegenden Ufer des Hafens, wo die Greetsieler Krabbenkutter festgemacht waren, schallten die Rufe und das Lärmen der Fischer herüber, die sich frühmorgens auf die bevorstehende Fangfahrt vorbereiteten.

Tido winkte den Männern und Frauen zu, die jedoch kaum Notiz von dem alten Mann drüben beim Anleger für die Touristenfahrten nahmen. Viel zu sehr waren sie mit dem Ausrichten der Netze und dem Überprüfen der Siedevorrichtungen für die Krabben beschäftigt. Wenn einer trotzdem den Gruß erwiderte, geschah dies fahrig und beiläufig, denn der Siebzigjährige war ein griesgrämiger, mürrischer Zeitgenosse, der es seinen Mitmenschen im Umgang mit ihm nicht eben leicht machte und darum nicht gerade beliebt war.

Trotzdem galt Tido Looke in Greetsiel als wichtiger Mann. Fast an jedem Netz, das da trocken von den hoch aufgestellten Auslegern der Kutter herabhing, hatte er sich in seiner Werkstatt schon einmal zu schaffen gemacht. Denn wurde ein Netz während des Fischens zerrissen, was nicht selten geschah, kamen die Eigner nicht umhin, ihn, Tido, aufzusuchen und zu bitten, die schadhafte Stelle in dem Geflecht zu reparieren.

Die Arbeit des Netzflickers verrichtete Tido nun schon seit fünf Jahren, und es gab in ganz Ostfriesland wohl keinen, der diesen Job gekonnter verrichtete als er, jedenfalls wurde ihm dies von seinen Kunden ständig versichert. Da es außer ihm allerdings nur noch sehr wenige gab, die dieses Handwerk als Beruf ausübten, wog dieses Lob für ihn nicht besonders schwer. Nichtsdestotrotz war Tido stolz auf das, was er tat.

Als er noch jung und, ja, auch unschuldig gewesen war, wie er wehmütig dachte, hatte er selbst einen Krabbenkutter besessen und war hinaus auf die Nordsee gefahren, um Granat zu fangen, wie die Krabben hier genannt wurden. Irgendwann war er der harten Knochenarbeit nicht mehr gewachsen gewesen und hatte sich nach einer ruhigeren und weniger gefährlichen Tätigkeit umgeschaut.

Tido machte ein finsteres Gesicht. Seinen Kutter, die *Granate*, damals verschrotten zu lassen, war ihm nicht schwergefallen, denn zu viele unliebsame Erinnerungen waren mit dem alten Kahn verbunden gewesen. Erinnerungen, die er zu seinem Leidwesen trotzdem nicht losgeworden war, nachdem die *Granate* von dem Schrotthändler abgeholt worden war.

Tido erreichte jetzt die Bronzeskulptur des Netzflickers. Diese lebensgroße Darstellung eines Mannes in Seemannskluft stammte von dem Esenser Bildhauer und Maler Hans-Christian Petersen, der auch für Emden, Neuharlingersiel, Eversmeer und Carolinensiel ähnliche Plastiken angefertigt hatte. Der Netzflicker saß auf einer robusten Bohle, die ihm als Bank diente. Er hatte ein Fischernetz auf den Beinen ausgebreitet, an dem er gerade arbeitete. Mit seiner Schippermütze auf dem Kopf schaute der Netzflicker zur Seite, als würde er einem Gedanken nachhängen, der ihm während der Arbeit gekommen war – so jedenfalls interpretierte Tido diese Pose. Es musste ein schöner Gedanke sein, denn das Gesicht mit dem schmalen Kinnbart wirkte entspannt und freundlich, worum Tido ihn jedes Mal beneidete. Die Seele dieses Netzflickers war rein und sein Gewissen wurde durch keine üble Tat belastet, die er in der Vergangenheit womöglich verübt hatte. Er war ein in sich ruhender und mit seiner Arbeit zufriedener Mann, der sich für einen Moment seinen Tagträumen hingab, eher er mit seiner Arbeit fortfahren würde. Dies alles drückte diese Bronzefigur in Tidos Augen aus. Und deshalb kam er so gerne hierher. So wie auch an diesem frühen Morgen, an dem sich der erwachende Himmel silbrig im Wasser des Hafens spiegelte und die Möwen auf der Suche nach Essbaren laut krakeelend ihre Runden drehten.

Wie immer ließ es sich Tido nicht nehmen, sich neben den Bronzemann auf die Bohlenbank zu setzen und einen Moment zu verschnaufen. Tido sah der Statue des Netzflickers sehr ähnlich. Er trug annähernd dieselbe derbe Kleidung, hatte eine Schippermütze auf dem Kopf und sein Kinn zierte ein schmaler

Bart. Seine kräftigen Hände wiesen Schwielen von der Netzflickerei auf und seine Füße steckten in derben Stiefeln.

Einen entspannten, zufriedenen Ausdruck suchte man in Tidos Gesicht allerdings vergebens. Ein bitterer Zug umspielte seine Lippen, und die tief eingegrabenen Falten hatten nicht nur das Alter, die Sonne, der Wind und die salzige Meeresluft in sein Antlitz gekerbt, da war etwas Finsteres, Unnahbares, das seiner ganzen Erscheinung die weise, abgeklärte Ausstrahlung raubte, die dem Bronzemann an seiner Seite innezuwohnen schien.

Tido seufzte schwer. Nervös bewegte er die Hände, die ruhelos auf seinem Schoß lagen. Es sah aus, als hantierte er gerade mit den Nadeln, die kleinen Webschiffchen ähnelten, um ein schadhaftes Netz zu flicken. Aber in Wahrheit war es sein zerrissenes Inneres, das er an der Seite der Statue sitzend auszubessern versuchte. Es waren die Löcher, die seine üblen Taten in seine Seele gerissen hatten, die seine geübten Finger jetzt nervös beschäftigten.

Doch so sehr er sich auch mühte, musste er doch erkennen, dass seine Fertigkeiten in diesem Fall nicht ausreichten. Er war für immer zerrissen und würde niemals so selbstvergessen vor sich hin sinnieren können, wie es sein bronzener Kollege tat. Immer wieder würde die Erinnerung ihn überkommen und seinen Blick verfinstern und seine Gesichtszüge grimmig und unglücklich erscheinen lassen.

Trotzdem genoss Tido diese Momente im Licht der aufgehenden Sonne, die er an der Seite der bronzenen Statue verbrachte. In diesen frühen Morgenstunden lag die Verweilzone zumeist verlassen da, in die die ehemalige Landzunge »End vant't Stück« vor Jahrzehnten verwandelt worden war. Von hier aus ließ sich die imposante Kutterflotte ungestört beobachten und ein schönes Erinnerungsfoto oder eine Videoaufnahme vom Ein- und Auslaufen der Schiffe machen.

Tido drehte sich dem Hafen zu und ließ den Blick über die bunten Krabbenkutter schweifen. Das erste Mal in seinem Leben fragte er sich, ob er wohl Linderung erfahren würde, wenn er Greetsiel verließ, anstatt, wie auch an diesem Morgen, durch den

Anblick der Kutter an das Schlimme erinnert zu werden, das er getan hatte.

Verblüfft hob er eine Schulter, als ihm der Grund für sein Verweilen klar wurde: Er wollte nicht nur wegen Rieke, seiner Frau, in Greetsiel bleiben, die hier geboren worden war und nicht im Traum daran denken würde, irgendwo anders ein neues Leben zu beginnen. Nein, er blieb auch deswegen, weil er nicht vergessen *wollte*. Denn wenn er vergaß, was er getan hatte, würde dies alles nur noch viel schlimmer machen. Er wäre dann erst recht ein skrupelloser, gewissenloser alter Mann und nicht würdig …

Der Gedanke riss ab. Tido spürte kurz einen befremdlichen Schmerz an seiner linken Schläfe. Dann spürte er gar nichts mehr. Sein Körper erschlaffte und sein Kopf sank seitlich auf die Schulter der Bronzestatue, sodass es schien, als wollte er sich kurz an den Netzflicker anlehnen, um die Kraft zu finden, auch einmal einem schönen Gedanken nachzuhängen.

Aber Tido Looke war gar nicht mehr fähig zu denken, denn er hatte aufgehört zu leben. Doch dies sollte erst zwei Stunden später von einem Touristen aus Rüsselsheim bemerkt werden.

*

Eine alte über der wuchtigen Ladentür hängende Schiffsglocke schlug an, als Hauptkommissarin Ruth Fasan das Antiquariat betrat. Der helle Klang, der früher auf einem Segelschiff die Wachwechsel eingeläutet hatte, hallte unüberhörbar durch den weiten, mit Trödel vollgestellten Saal. Regalreihen, Tische und Körbe voller Kleinodien empfingen die Hauptkommissarin und verstellten ihr den Blick in die Tiefe des Raumes.

Bei den meisten der hier ausgestellten Waren handelte es sich um Souvenirs für Touristen und interessierten Ruth nicht weiter. Es waren erschwingliche kleine Mitbringsel aus dem maritimen Bereich, zumeist Neuware mit Bezug auf Greetsiel und den Krabbenfischerhafen. Neben auf alt getrimmte Modelle von Krabbenkuttern waren in den Regalen auch Miniaturausgaben des Pilsumer Leuchtturms zu finden, die wie Blechspielzeug aus den sechziger Jahren zurechtgemacht waren. Grüne Glaskugeln, die einmal als Schwimmer für Fischernetze verwendet worden waren und jetzt auf einen Käufer oder eine Käuferin warteten, hingen von der Decke. Getrocknete Seesterne und bunte exotische Muscheln füllten die Körbe bis zum Rand.

»Sind Sie das, Frau Fasan?!«, schallte der Ruf eines Mannes aus der Tiefe der Halle herüber. Am rauen Klang der Stimme erkannte Ruth, dass es Abbe Larsen, der Besitzer des Antiquariats war, der da rief. Der Mann glaubte, die Antwort anscheinend bereits zu kennen, denn er fuhr ohne Pause fort: »Sie finden mich hinten, bei den wirklich guten Sachen!«

Ruth verzog den Mund zu einem Lächeln. Die unverblümte Ehrlichkeit der Ostfriesen hatte etwas Bestechendes und imponierte ihr jedes Mal aufs Neue.

Ruth klemmte sich die alte Positionslampe, die sie in einem verstaubten Winkel auf dem Dachboden ihres strohgedeckten Friesenhauses gefunden hatte, fester unter den Arm und machte sich auf den Weg durch das Labyrinth der Regale, Tische und Körbe. Je tiefer sie ins Innere der Halle vordrang, desto exquisiter wurden die angebotenen Antiquitäten. Alte Glasenuhren und andere nautische Gerätschaften mit deutlichen Gebrauchsspuren lagen fein säuberlich nebeneinander aufgereiht auf den Tischen. Rollen mit alten Seekarten, von denen einige zur Ansicht ausgebreitet waren, wurden von Zirkeln und Messlatten aus Messing flankiert. Angeraute Vergrößerungsgläser und filigran gearbeitete Sextanten, die Grünspan angesetzt hatten, lagen auf meergrünem Samt gebettet. Von der Decke hingen alte prächtige Lampen, die würdig gewesen wären, die stattliche Kapitänskabine eines Piratenschiffs auszuleuchten.

Ruth erreichte eine gläserne Wand, die aus mehreren bleigefassten Segmenten bestand. Die Tür, die in den dahinterliegenden Raum führte, stand offen.

Hier bot Abbe Larsen seine wertvollsten Stücke zum Kauf an, die zum Teil in abschließbaren Vitrinen aufbewahrt wurden. Der Antiquitätenhändler stand neben einem alten wuchtigen Kartentisch und winkte Ruth lax zu, während sie durch den Eingang hereinkam. Abbe war knapp über sechzig und trug einen altmodischen Anzug, ohne den dieser eher durchschnittlich aussehende Mann ziemlich gewöhnlich erschienen wäre. So aber wirkte er wie ein aus der Zeit gefallener Börsianer aus dem Berlin der Dreißigerjahre. Mit dieser Ausstattung verdeutlichte Abbe seinen Kunden, dass er ein geschäftstüchtiger solider Händler war, der es gar nicht schätzte, wenn man ihm mit frechen Preisvorstellungen die Zeit raubte.

Beim Nähertreten bemerkte Ruth, dass Abbe nicht allein war. Auf der anderen Seite des Kartentisches mit den gedrechselten Beinen stand ein schlanker und durchaus kräftig anmutender Mann, der etwa in ihrem Alter sein dürfte, wie Ruth schätzte. Sein offenes, freundliches Gesicht fiel ihr sofort positiv auf. Er hatte dunkles, welliges Haar und einen kaum wahrnehmbaren Bartschatten, der ihm etwas Abenteuerliches verlieh. Abenteuerlich mutete auch seine Kleidung an. Die Bluse mit den weiten Ärmeln und die Pumphose, die am Bund von einem breiten Tuch an Ort und Stelle gehalten wurde, ließen ihn wie einen altertümlichen Seemann mit gutem Geschmack aussehen.

»Moin«, grüßte Ruth in die Runde. Unwillkürlich warf sie einen Blick auf die beiden antiken Pistolen mit den glatten verzierten Läufen und den Perlmuttgriffen, die auf dem Kartentisch lagen. Daneben befand sich eine offene, mit blauem Samt ausgekleidete Holzschatulle. In die Hohlformen der Schatulle gebettet lag das Reinigungsbesteck für die Waffen, für die ebenfalls Mulden vorhanden waren. Diese alten Pistolen waren offenbar Gegenstand von geschäftlichen Verhandlungen, wie Ruth vermutete. »Ich hoffe, ich störe nicht«, sagte sie.

Abbe winkte ab. »Keineswegs.« Er lächelte zuvorkommend. »Zumal wir beide ja für heute Morgen eine Verabredung haben.« Obwohl er dies in nüchternem, geschäftsmäßigem Tonfall sagte, brachte er trotzdem das Kunststück zustande, seine Worte so klingen zu lassen, dass es den Anschein hatte, sie wären in Wahrheit zu einem Techtelmechtel verabredet.

Der Mann auf der anderen Seite des Kartentisches räusperte sich daraufhin verlegen. »Nun bin ich es, der befürchten muss zu stören«, äußerte er sich.

»Keineswegs«, sagte Abbe erneut. »Treue Kunden, die ein gutes Geschäft versprechen, sind bei mir immer willkommen, Konrad.« Der Angesprochene deutete daraufhin eine Verbeugung an. »Konrad Maizelmann«, stellte er sich dann an Ruth gerichtet vor.

»Ruth Fasan«, erwiderte sie, und da sie sich von dem theaterähnlichen Getue der Männer angesteckt fühlte, deutete sie artig einen Knicks an.

Abbe Larsen und Konrad Maizelmann schien es aufrichtig zu freuen, dass Ruth sich ihrem Umgangston anpasste, denn sie lächelten wie zwei Jungs, die beglückt waren, ein Mädchen zum Mitspielen gefunden zu haben.

Konrad Maizelmann wurde jedoch schnell wieder ernst. »Der Preis, den du für diese Duellpistolen verlangst, ist viel zu hoch. Es handelt sich nicht einmal um Vorderladerwaffen, die mit Schwarzpulver und bleiernen Rundkugeln geladen werden, sondern um neuere Modelle aus dem frühen 19. Jahrhundert.«

Abbe nickte wissend. »Es sind Perkussionspistolen. Der Schuss wird durch Anzündhütchen ausgelöst. Das mindert ihren Wert jedoch in keiner Weise. Der Preis muss in diesem Fall nicht bloß dem Alter gerecht werden, sondern vielmehr auch der Bedeutung dieser Waffen.«

»Es sind Duellpistolen«, sagte Konrad nüchtern. »Wie die meisten paarig hergestellten Pistolen. Also nichts wirklich Besonderes.«

Abbe sah seinen Kunden mit mildem Spott in den Augen an. »Du weißt ebenso gut wie ich, was den wahren Wert dieser Duellpistolen ausmacht.« Er zwinkerte Konrad zu. »Ansonsten würdest du dich gar nicht dafür interessieren.«

Der Angesprochene nahm eine der Pistolen und betrachtete sie eingehend, während er sie hin und her drehte. »Gilt es denn wirklich als gesichert, dass sich die Kapitäne Sigurd Eggen und Mommo Mommens mit diesen Waffen duelliert haben?«

Abbe nickte entschieden. »Es geschah um 1720, dass die zwei Streithähne sich am Naturstrand beim jetzigen Hilgenriedersiel mit diesen Pistolen gegenübertraten«, erzählte er. »Der Legende nach ging es um die Vaterschaft des kleinen Hajo. Beide Kapitäne beanspruchten sie für sich, denn mit beiden hatte Hanne, die Mutter, ein Stelldichein gehabt.«

Konrad strich mit der Hand andächtig über den Lauf der Waffe. Er kannte die Geschichte anscheinend, genoss es aber, sie jetzt noch einmal erzählt zu bekommen.

»Leider starben beide Männer bei dem Duell, sodass Hajo ohne Vater aufwachsen musste – und ohne, dass eine Mensur darüber hätte entscheiden können, wem das Privileg der Vaterschaft zuerkannt wurde.«

Konrad legte die Pistole behutsam in die dazugehörige Mulde in der Schatulle. »Zu schade, dass nicht überliefert wurde, was aus dem Jungen und seiner Mutter geworden ist. Die Ostfriesen verloren mit dem Tod dieser äußerst fähigen Kapitäne zwei wertvolle Mitstreiter im Kampf um ihre Unabhängigkeit.«

Ruth, der die Lampe allmählich zu schwer wurde, legte sie vorsichtig auf den Tisch.

»Hanne ritzte in jede der Waffen ein Kreuz und die Initialen des Kapitäns, der durch die Pistole sein Leben verlor«, erläuterte Abbe. Er deutete auf den Perlmuttgriff. »Hier siehst du es. Die Einkerbung ist kaum auszumachen, aber für ein geübtes Auge nicht zu übersehen.« Er blickte zu seinem Kunden auf. »Vertraue auf meine Expertise. Mit diesen Duellpistolen erwirbst du ein Stück Geschichte – mörderische Geschichte. Und das ist es doch, wonach du vornehmlich suchst, nicht wahr?«

Jetzt wandte sich der Antiquitätenhändler Ruths Lampe zu. Als würde ihn das Geschäft, das sich mit den Duellpistolen angebahnt hatte, plötzlich nicht mehr interessieren, nahm er die Leuchte näher in Augenschein. »Ein antikes Stück«, konstatierte er nach einem kurzen Moment. »Es handelt sich um die Positionslampe einer alten Schaluppe und ist von einigem Wert.« Er bedachte Ruth mit einem freundlichen Lächeln. »Sie haben sie tatsächlich auf dem Dachboden Ihres Deichhauses gefunden?«, fragte er nach.

Ruth nickte. »Seit ich dieses Haus gekauft habe, bin ich noch nicht dazu gekommen, den Dachboden auszuräumen. Es liegt dort noch allerhand rum. Jetzt habe ich mir zusammen mit meinem

Lebenspartner die Zeit genommen, dort einmal klar Schiff zu machen.«

Abbe Larson nickte verständnisvoll. »Es wird in Greetsiel einfach zu viel gemordet«, scherzte er trocken. »Da bleibt einer Hauptkommissarin natürlich kaum Zeit, einmal durchzuatmen.« Konrad Maizelmann sah interessiert zu Ruth hinüber. »Sie wohnen in dem berüchtigten Deichhaus?«, fragte er. »In jenem Haus, wo es vor vielen Jahren einen mysteriösen Mord gegeben hat?«

»Der inzwischen aufgeklärt wurde«, sagte Abbe. »Von unserer werten Hauptkommissarin nämlich.«

»Das war keine große Sache«, wiegelte Ruth ab.

»Und ob es das war!«, insistierte der Antiquitätenhändler. »Das Deichhaus galt lange als verruchter Ort, niemand wollte darin wohnen, bis Sie es gekauft haben und das dunkle Geheimnis lüfteten.«

»Gibt es womöglich einen Gegenstand, der mit diesem Mord in Zusammenhang steht, und den Sie mir verkaufen möchten?«, erkundigte sich Konrad. Er lächelte entschuldigend. »Ich sammle derartige Preziosen, müssen Sie wissen.«

Ruth verzog das Gesicht. »Nicht Ihr Ernst«, sagte sie.

»Natürlich!«, erwiderte ihr Gegenüber leidenschaftlich. »Von solchen Stücken geht eine besondere Faszination aus, finden Sie das denn nicht auch?« Er nahm die noch auf dem Tisch liegende Pistole, umfasste den Griff und wog die Waffe prüfend in der Hand. »Diese Duellpistolen zum Beispiel … zu wissen, welche tragische Geschichte sie verursacht haben, macht sie doch erst wertvoll. Sie sind mehr als bloß nur Antiquitäten, sie sind mit dem gewaltsamen Tod zweier Menschen verbunden.« Er lächelte undurchsichtig. »Sie mögen meine Sammlerleidenschaft morbide nennen, aber in Wahrheit ist sie den Geschichten verpflichtet, die mit den Sammlerstücken verbunden sind.« Er drehte sich Abbe zu. »Ich werde diese Duellpistolen kaufen – zu dem Preis, den du genannt hast!«

Der Händler lächelte ansatzweise. »Es freut mich, diese Duellpistolen bei jemanden zu wissen, der ihre wahre Bedeutung wertschätzt.«

»Worauf du dich verlassen kannst!«

Ruth zog die Augenbrauen zusammen. »Ich fürchte, ich muss Sie daran erinnern, dass Perkussionswaffen gemäß den Bestimmungen des Waffengesetzes in der Öffentlichkeit nicht ohne Erlaubnis geführt werden dürfen«, fühlte sie sich in Anbetracht der Situation genötigt, anzumerken. »Diese Pistolen sind nicht waffenscheinfrei. Sie dürfen Sie also nicht einfach mit sich tragen, um Ihren Kauf nach Hause zu bringen.«

»Ich habe eine Erlaubnis, antike Waffen zu verkaufen«, beeilte sich Abbe zu versichern, als erwartete er, dass Ruth sich als Nächstes danach erkundigen würde. »Und ich verwahre solche Waffen fachgerecht und den Vorschriften gemäß in meinem Büro in einem Waffenschrank.«

Ruth sah den Sammler unverwandt an. »Wie steht es mit Ihnen, Herr Maizelmann?«

»Ich habe eine Waffenbesitzkarte«, erläuterte dieser. »Ein Voreintrag ist bei der für Sammler notwendigen WBK nicht vorgeschrieben. Ich muss die Duellpistolen lediglich innerhalb von zwei Wochen bei der hiesigen Waffenbehörde anmelden und eintragen lassen.«

»Sie kennen sich mit der Materie offensichtlich aus«, sagte Ruth. »Dann wissen Sie auch, dass eine WBK nicht dasselbe ist wie ein Waffenschein.«

»Nein, in der Tat.« Konrad Maizelmann lächelte unverbindlich. »Außerhalb meines Privatbesitzes dürfte ich diese Pistolen nicht mit mir herumführen. Sie nach Hause zu transportieren, ist allerdings erlaubt.«

»Wenn die Waffen in Ihren Waffenbesitzschein eingetragen sind«, entgegnete Ruth.

»Den Transport könnte ich übernehmen …«, setzte Abbe an, aber Konrad brachte ihn mit einer begütigenden Geste zum Schweigen. »Wären Sie eventuell bereit, diese Perkussionswaffen bei mir abzuliefern, Frau Fasan?«, fragte er stattdessen an Ruth gerichtet. »Eine Hauptkommissarin ist bestimmt im Besitz eines Waffenscheins, nicht wahr?«

Ruth fühlte sich ein wenig überrumpelt. »Ich fürchte, dafür habe ich keine Zeit.«

»Es ist nicht weit«, ließ der Sammler nicht locker. »Ich wohne quasi um die Ecke, in dem historischen Bürgerhaus in der Kleinbahnstraße.«

Ruth furchte die Stirn. »Meinen Sie das grau verputzte Gebäude, das seit Jahren leer steht, weil es keiner kaufen will, da der Besitzer darauf besteht, dass es vom Käufer in seinem ursprünglichen Zustand erhalten bleiben soll?«

»Ich habe es vor einigen Monaten erworben und bin kürzlich eingezogen«, bestätigte Konrad. »Die Auflage, keine baulichen Veränderungen vorzunehmen, die etwas am historischen Urzustand des Anwesens verändern könnten, werde ich nur zu gerne erfüllen.«

Ruth hob zweifelnd eine Augenbraue. »Sie dürfen keine moderne Heizung und keine isolierverglasten Fenster einbauen.«

»Es gibt einen Holzofen«, erwiderte Konrad leichthin. »Wenn regelmäßig gelüftet wird, ist das Klima in den Räumen sehr angenehm. Wenn es mal ein bisschen kühl wird, zieht man eben warme Sachen an.«

Ruth betrachtete den Mann nun eingehender. Bei Konrad Maizelmann schien es sich nicht bloß um einen leicht verschrobenen Sammler, sondern um einen äußerst exzentrischen Zeitgenossen zu handeln. Sie musste zugeben, dass sie ihn nun noch interessanter fand. »Ich werde mir das mit den Duellpistolen überlegen«, stellte sie in Aussicht.

»Wunderbar!«, rief Konrad aus, als hätte er von Ruth soeben eine feste Zusage bekommen. »Lassen Sie es mich wissen, wann Sie Zeit für einen Besuch bei mir erübrigen können.« Mit diesen Worten reichte er Ruth eine Visitenkarte über den Tisch. »Es wird mir ein Vergnügen sein.«

»Nun ja.« Ruth nickte dem Sammler leicht überrumpelt zu. »Machen wir es so.«

Abbe Larsen legte die Hand auf die Lampe, die Ruth mitgebracht hatte. »Soll ich Ihnen einen Preis für dieses gute Stück machen? Ich werde sicherlich einen Käufer finden.«

»Ich überlege noch, ob ich die Leuchte nicht lieber behalten möchte«, erwiderte Ruth.

Abbe zog die Hand zurück. »Wie Sie wollen. Aber kommen Sie unbedingt zu mir, wenn Sie einen Ihrer Dachbodenfunde loswerden möchten.«

»Das werde ich.« Ruth wollte gerade nach der Lampe greifen, als ihr Handy klingelte. An dem speziellen Klingelton erkannte sie, dass es sich bei dem Anrufer um ihren Kollegen Kommissar Hagen Reese handelte.

»Entschuldigen Sie mich bitte«, sagte sie an die Männer gerichtet. »Es ist wahrscheinlich dringen.« Sie ließ die Lampe liegen, verließ den Raum und nahm das Telefonat entgegen. »Moin Hagen«, begrüßte sie ihren Partner, der gerade Bereitschaftsdienst hatte, warum Ruth auch davon ausgegangen war, dass ein dringendes Anliegen für den Anruf vorlag.

»Moin«, hörte sie Hagen mit angespannter Stimme sagen. »Neben der Netzflickerstatue wurde ein Toter gefunden«, kam er dann gleich zur Sache. »Ich denke, wir müssen von Mord ausgehen!«

Ruth presste die Lippen aufeinander. »Das ist schlimm«, sagte sie rau. »Ich werde gleich bei Ihnen sein.«

»Die Spurensicherung habe ich bereits verständigt«, erläuterte Hagen, ehe Ruth ihm eine entsprechende Frage stellen konnte. »Doktor Fixlmillner wurde ebenfalls informiert. Und Alice ist schon dabei, den Bereich rund um den Aussichtspunkt Greetsieler Yachthafen weiträumig abzusperren.«

Ruth nickte zufrieden. »Hervorragend. Dann bis gleich.« Sie schob das Handy zurück in ihre Jackentasche und steckte dann den Kopf durch den Eingang in den abgeteilten Raum. »Ich muss los!«, rief sie den Männern zu. »Die Positionslampe hole ich dann später ab, wenn es recht ist!«

»Kein Problem«, sagte Abbe.

»Schade!«, rief Konrad ihr zu, als sie sich wegdrehte. »Ich hätte Sie gerne noch auf einen Ostfriesentee eingeladen!«

»Später vielleicht!« Sie hob grüßend die Hand und marschierte im Eilschritt an den Tischen und Regalen vorbei auf den Ausgang zu.

*

Ruth schwang sich auf ihr Fahrrad und trat in die Pedale. Ohne die sperrige Lampe auf dem Gepäckträger konnte sie auf der kopfsteingepflasterten Straße jetzt schneller vorankommen. Das hatte sie sich auf dem Weg zum Antiquariat nicht getraut, weil sie befürchten musste, das mitgeführte antike Stück könnte bei dem andauernden Holpern zu Bruch gehen. Jetzt hätte sie sich für ihr Fahrrad allerdings ein Martinshorn oder zumindest ein Blaulicht gewünscht, denn dann wären die Spaziergänger, die den Schatthauser Weg derzeit bevölkerten, bestimmt bereitwilliger zur Seite ausgewichen, um sie passieren zu lassen.

Es vergingen mehrere Minuten, bis sie endlich den Platz »Am neuen Deich« erreichte. Hier war das Personenaufkommen sogar noch höher, sodass Ruth nichts anderes übrig blieb, als ihr Fahrrad an der gemauerten Brustwehr abzustellen, das Schloss zuschnappen zu lassen und sich zu Fuß einen Weg durch die Menge zu bahnen. Dass beim Netzflickerdenkmal ein Toter gefunden worden war, hatte sich unter den Touristen und Einheimischen offensichtlich bereits herumgesprochen, und nicht wenige hatten sich daraufhin hierher auf den Weg gemacht, um ihre Neugierde zu befriedigen. Da Alice den Tatort jedoch bereits abgesperrt hatte und es beim Aussichtspunkt deshalb kein Vorankommen mehr gab, hatte sich der Menschenstrom auf dem Deich gestaut.

Es half Ruth nicht viel, ihren Dienstausweis hochzuhalten, während sie sich durch die Schaulustigen zwängte. Schließlich wich sie auf die Deichflanke aus, was ihr empörte Rufe von den Leuten einbrachte, die den Deichschutz über ihre Neugier gestellt hatten und deshalb auf dem befestigten Weg geblieben waren. Einige der Anwesenden taten es Ruth nun allerdings gleich und eilten auf dem Gras hinter ihr her. Als Ruth das Absperrband erreichte, das Alice quer über den Deich gespannt hatte und vom Anleger der Ausflugsschiffe bis hinüber zu den Wohnhäusern reichte, tauchte sie mit einer fließenden Bewegung darunter hinweg.

Alice' Trillerpfeife schrillte unüberhörbar auf, als zwei Jugendliche, die Ruth hinterhergelaufen waren, sich nun anschickten, über die Absperrung hinwegzusteigen.

»Wollt ihr euch eine Anzeige wegen Behinderung von Polizeiarbeit einhandeln?«, rief sie den wie erstarrt dastehenden Jungs mit strenger Stimme zu. Dabei zog sie ihre Uniformjacke mit resoluter Geste glatt.

Obwohl Alice mit ihren 1,63 Meter nur die Mindestgröße für Polizisten erreichte, flößte ihr stattlicher Leibesumfang und der strenge Blick aus ihren braunen Augen den Jugendlichen trotzdem gehörigen Respekt ein, denn sie wichen hastig zurück und beeilten sich dann, in der Menge auf dem Deichweg unterzutauchen. Genau das taten nun auch die anderen Personen, die Ruths Beispiel gefolgt und auf der Deichflanke herumgetrampelt waren.

Ruth bedachte ihre uniformierte Kollegin mit einem anerkennenden Schmunzeln. »Wie immer haben Sie die Lage gut im Griff, Alice.«

»Und Sie sollten ein gutes Beispiel abgeben und den Leuten nicht vormachen, was man besser nicht tun sollte!«, scheltete sie nicht ganz ernst gemeint.

»Das nächste Mal werde ich meine Engelsflügel ausbreiten und fliegen«, gab Ruth über die Schulter hinweg zurück. Sie mäßigte ihr Schritttempo, während sie die vierzig Meter zurücklegte, die sie noch von der Netzflickerstatue trennten. Hagen, in einen legeren Straßenanzug gekleidet, ging weiträumig um die Bronzefigur herum und schoss Fotos mit seinem Handy. Seine kräftige Statur und das dunkelblonde, dichte Haar ließen den jungen Kommissar ziemlich fesch aussehen, was er wohl auch wusste, denn er gab sich sehr selbstsicher. Hagen trug schwarze Einmalhandschuhe, was Ruth vermuten ließ, dass er den Toten bereits untersucht hatte.

Für ihren jungen Kollegen hatte Ruth allerdings nur einen flüchtigen Blick übrig. Stattdessen richtete sie ihr Augenmerk auf den Mann, der neben der Bronzefigur auf der Bohlenbank saß. Er hatte sich dem Hafen zugekehrt, während der Netzflicker andersherum saß und Richtung Deich blickte. Der Mann lehnte an der Schulter der Statue, und sein Kopf mit der leicht verrutschten Mütze darauf ruhte auf dessen Schulter. Es war ein friedlicher Anblick, wie Ruth fand. Es schien, als wäre der alte Mann bloß ein wenig erschöpft und wollte nur Kraft tanken, ehe er weiter spazierte. Aber Ruth wusste es besser: Dieser Mann, der dem Netzflicker irgendwie ähnlichsah, war nicht mehr am Leben!

*

Hagen nickte seiner Chefin grüßend zu, als er neben sie trat. Einen kurzen Moment lang standen die beiden Kriminalisten schweigend da, um dem Toten ihre Ehre zu erweisen, ehe sie mit der Polizeiarbeit beginnen würden, der immer etwas nüchtern Pragmatisches anhaftete und keine Rücksicht nehmen konnte auf etwaige Befindlichkeiten dem Opfer gegenüber.

»Der Tod dieses Mannes muss schon mehr als zwei Stunden zurückliegen«, erläuterte Hagen schließlich. »Im Kiefer hat die Leichenstarre bereits eingesetzt, was ein deutliches Anzeichen dafür ist.«

»Todesursache?«, fragte Ruth.

Ungeniert machte Hagen einen Schritt auf den Leichnam zu, fasste ihn am Kopf und hob diesen leicht an, wobei nicht zu übersehen war, dass die Nackenmuskeln des Mannes ebenfalls im Erstarren begriffen waren. »Er wurde erschossen.«

Ruth neigte sich leicht zur Seite, um besser sehen zu können. In der Schläfe, die auf der Schulter der Statue geruht hatte, war ein münzgroßes Loch zu sehen. Eingetrocknetes Blut klebte im Haar des Toten und auf der Schulterpartie der Bronzeplastik.

Behutsam brachte Hagen den Kopf in seine Ausgangslage zurück. »Ich konnte keine Austrittswunde finden«, sagte er. »Das Projektil wird also wohl noch im Schädel stecken.«

Ruth suchte mit Blicken den umliegenden Boden ab.

»In der näheren Umgebung ist weder eine Waffe noch eine Patronenhülse zu finden«, sagte Hagen, der das Umfeld offenbar bereits abgesucht hatte.

»Das wäre auch nicht zu erwarten gewesen«, erwiderte Ruth. »Der tödliche Schuss wurde vermutlich aus großer Entfernung abgegeben, andernfalls würde die Kugel nicht im Kopf des Opfers stecken, sondern wäre wegen der hohen Schlagkraft glatt hindurchgegangen.«

»Andere Faktoren könnten ebenfalls dafür verantwortlich sein, dass die Kugel nicht ausgetreten ist«, entgegnete Hagen. »Ein ungünstiger Eintrittswinkel etwa oder die besondere Beschaffenheit des Knochens. Genaueres erfahren wir wahrscheinlich erst, wenn der Leichnam von Doktor Fixlmillner untersucht wurde.«

»Haben Sie in den Taschen des Toten nach Ausweispapieren gesucht?«, wollte Ruth wissen.

»Das war nicht nötig«, erklärte Hagen leichthin. »Ich weiß, wer dieser Mann ist. Sein Name lautet Tido Looke. Jeder Krabbenfischer in Greetsiel kennt ihn, denn er ist Netzflicker.«

Ruth hob verwundert eine Augenbraue. »Wir haben hier an der Seite der Netzflickerstatue also einen echten ermordeten Netzflicker?«

Hagen zuckte mit den Schultern. »Genau so sieht es aus.« Er sah Ruth fragend an. »Glauben Sie, dass eine tiefere Bedeutung darin verborgen liegt, eine Botschaft des Mörders womöglich?«

»Das werden wir noch herausfinden.« Ruth deutete mit einem Kopfnicken auf den Toten. »Sehen Sie trotzdem in den Taschen nach. Nicht dass uns noch ein Hinweis entgeht.«

Hagen machte eine Miene, als ärgerte er sich über seine Nachlässigkeit, was wahrscheinlich auch der Fall war. Er beeilte sich, das Versäumte nachzuholen, durchforstete die Taschen des Mannes und tastete dann sogar die Kleidung ab, als erwartete er, Tido Looke könnte etwas im Futter seiner Jacke verborgen haben.

»Woher kennen *Sie* diesen Mann?«, erkundigte sich Ruth derweil. »Sie sind doch gar kein Krabbenfischer.«

»Ein alter Schulfreund von mir ist einer«, erwiderte Hagen. »Der hat bei Tido das Netzflechten gelernt, als er sich auf einem Krabbenkutter ausbilden ließ. Jeder Fischer muss diese Technik beherrschen, das wird bei der Gesellenprüfung verlangt. Tido gab den Lehrlingen Unterricht und Tipps.«

Mit ein paar Euromünzen in der Hand drehte sich Hagen der Hauptkommissarin zu. »Das ist alles, was Tido bei sich hatte:

Sechs Euro fünfzig.« Er ließ die Münzen in eine Beweistüte gleiten. »Tido war übrigens nicht gerade beliebt«, fuhr er fort. »Er konnte ziemlich schroff und griesgrämig sein. Enno, mein besagter Freund, hat mir davon erzählt. Das ist auch der Grund, warum ich diesen Netzflicker kenne.«

»Diese Unbeliebtheit … könnte sie sich so weit ausgewachsen haben, dass jemand Tido Looke deswegen umbringen würde?«

Hagen rieb sich den Hals. »Das weiß ich nicht«, antwortete er ausweichend. Es war ihm anzusehen, wie wenig es ihm behagte, einen der Krabbenfischer des Mordes zu verdächtigen.

Eine Polizeisirene heulte auf und verstummte sogleich wieder.

Als Ruth und Hagen hinsahen, erblickten sie den dunklen Mannschaftswagen der Emder Spurensicherung, der sich auf dem überfüllten Deichweg langsam näherte. Neben dem Fahrer saß ein hochgewachsener Mann in weißem Kittel, der wegen seiner Größe mit dem Kopf fast an die Wagendecke stieß: Dr. Frank Fixlmillner. Er fuchtelte wild mit den Armen, um den Schaulustigen zu bedeuten, dass sie dem Einsatzfahrzeug Platz machen sollten.

Vor dem Absperrband machte sich jetzt Unruhe unter den Versammelten breit, die mit ihren Handys unentwegt filmten oder Fotos schossen. Ein Geschiebe und Gedränge setzte ein, allerdings nicht, weil sich ein Fahrzeug näherte, sondern vielmehr, weil sich eine ältere Dame resolut einen Weg bahnte, indem sie rücksichtslos die Ellenbogen einsetzte, um näher an das Absperrband zu kommen. Dabei schimpfte und keifte sie ungeniert.

Sofort war Alice zur Stelle und redete beruhigend auf die Frau ein. Die aber hörte nicht auf zu wettern und machte sogar Anstalten, das rot-weiß gestreifte Plastikband zu zerreißen.

Alice drehte sich zu Ruth und Hagen um, bildete mit den Händen einen Trichter vor ihrem Mund und rief: »Sie sagt, sie ist die Ehefrau des Toten!«

Ruth winkte mit weit ausgestrecktem Arm. »Lassen Sie sie passieren!«, wies sie die Streifenpolizistin an.

Alice lüpfte das Absperrband daraufhin, sodass die Frau sich kaum bücken musste, um untendurch zu schlüpfen. Nun schien der betagten Dame allerdings der Mut zu verlassen. Sie wankte leicht und kam unsicheren Schrittes näher. Derweil sorgte Alice dafür, dass der Kleinbus ihrer Emder Kollegen Zugang zum Tatort erhielt.

*

Ruth ging der Frau entgegen. Sie trug einen knielangen, marineblauen Rock, unter dem in Strumpfhosen steckende Beine hervorschauten. Ihre Strickjacke schlang sie mit den Armen dicht um ihren Leib, als würde sie trotz der milden Temperatur plötzlich frieren. Die blauen Augen in ihrem alternden Gesicht waren bemerkenswert hell und klar und das Haar voll und kräftig.

Die Frau blieb stehen, starrte an Ruth vorbei zur Netzflickerstatue hinüber. Ihre Lippen bebten und Tränen sammelten sich in ihren Augen. »Er … er ist es ja wirklich«, sagte sie mit brüchiger Stimme. Sie deutete fahrig mit einer Hand und umfasste dann den Kragen ihrer Strickjacke. »Das da … das ist Tido, mein Mann!« Jetzt erst sah sie die Hauptkommissarin an. »Was ist mit ihm? Ist es wahr, was man mir zugetragen hat? Er ist gestorben?«

»Wie heißen Sie?«, fragte Ruth.

»Rieke«, erhielt sie zur Antwort. »Rieke Looke.«

Ruth fasste die Frau sanft am Oberarm. »Wir müssen wohl leider davon ausgehen, dass Ihr Mann ermordet wurde.«

Rieke riss entsetzt die Augen auf. »Ermordet, sagen Sie?«

Ruth bemerkte, dass die Beine der Frau zu zittern angefangen hatten. Sie winkte Hagen herbei und gemeinsam geleiteten sie die Dame zu den Parkbänken in der Nähe.

Mit einem schweren Seufzer ließ sich Rieke auf der Sitzfläche nieder. Mit verstörter Miene sah sie zu den beiden Kriminalisten auf. »Ist der Übeltäter denn schon gefasst worden?«

»Wir haben eben erst mit unserer Arbeit begonnen«, erwiderte Hagen.

Rieke krauste unwillig die Stirn. »Sie wissen also gar nichts«, konstatierte sie missbilligend. Sie richtete den Blick auf Ruth. »Wie … wie ist er gestorben?«, verlangte sie zu wissen.

»Er wurde anscheinend erschossen.«

»Was?« Rieke drückte steif das Kreuz durch. »Erschossen? Aber dann muss doch jemand den Schuss gehört haben?«

»Das werden wir noch herausfinden«, schaltete sich Hagen erneut ein. »Der Mord liegt etwa zwei Stunden zurück, und der Schuss ist nicht aus nächster Nähe abgefeuert worden. Das erschwert uns …«

Rieke zeigte auf die Krabbenkutter am gegenüberliegenden Ufer. »Bestimmt ist von dort auf meinen Mann geschossen worden!«, unterbrach sie den jungen Kommissar.

Ruth sah über die Schulter zu den Kuttern mit den aufgestellten Netzen hinüber. Dabei bemerkte sie, dass die Kollegen aus Emden mit ihrer Arbeit schon angefangen hatten. Das Gelände rund um die Netzflickerstatue wurde gründlich nach Spuren abgesucht, und Dr. Fixlmillner nahm den Toten näher in Augenschein.

»Sie glauben, dass einer der Krabbenfischer Ihren Mann erschossen hat?«, fragte Ruth, während sie sich der Frau erneut zuwandte.

Rieke nickte abgehackt. »Keno und Tim müssen es gewesen sein!«

»Wie kommen Sie darauf?«

»Weil … weil die meinen Mann regelrecht gehasst haben!«, ereiferte sich die Gefragte.

Hagen hatte sein Smartphone hervorgeholt und rief nun das Notizbuch auf. »Wie heißen diese beiden mit Nachnamen?«, erkundigte er sich.

»Keno und Tim Harm. Sie sind Brüder und betreiben gemeinsam einen Krabbenkutter.« Hexenhaft bewegte Rieke den ausgestreckten Zeigefinger. »Ihr Kutter, die *Greetchen* … es ist der Kahn mit dem gelben Anstrich. Sie sehen ihn gleich da drüben in Schussweite.«

»Wir werden dem nachgehen«, versprach Hagen und tippte dabei auf dem Handydisplay herum.

»Aus welchem Grund sollten diese Fischer Ihren Mann denn gehasst haben?«, erkundigte sich Ruth.

Rieke winkte verächtlich ab. »Sie machen meinen Mann für den Tod ihres Vaters verantwortlich. Das ist natürlich Blödsinn!« Eine Zornesfalte bildete sich auf ihrer Stirn. »Es trifft Tido keine

Schuld, weil er damals nichts mehr für Heiner tun konnte, als der über Bord ging!« Ungehalten schüttelte sie den Kopf. »Aber das wollen die beiden nicht gelten lassen. Die sind total besessen davon, meinen Tido für alles verantwortlich zu machen!« Sie schluchzte auf. »Und jetzt haben Sie ihn wie eine tollwütige Robbe einfach abgeknallt!« Sie schlug die Hände vors Gesicht und ließ ihrer Trauer laut jammernd freien Lauf.

»Wie gesagt: Wir gehen dieser Sache auf den Grund«, sagte Hagen steif.

Ruth bedachte Hagen mit einem verwunderten Seitenblick. So unnahbar wie jetzt gab er sich sonst nicht.

In diesem Moment nahm sie eine Bewegung wahr. Auf der letzten Bank in der verwinkelten Reihe hatte ein Mann gesessen, der sich jetzt schwerfällig erhob. Er war sichtbar übergewichtig und trug weite Freizeitkleidung, mit der er seine Leibesfülle jedoch nicht kaschieren konnte. »Wie lange soll ich hier denn noch warten?«, rief er ungeduldig.

»Oh!«, stieß Hagen reumütig aus. »Sie habe ich ganz vergessen. Das … ist Herr Horst Berg aus Rüsselsheim«, stellte er Ruth den Mann dann vor. »Herr Berg hatte bemerkt, dass der Mann neben der Statue nicht mehr am Leben ist und hat seine Entdeckung der Polizei gemeldet.«

Horst Berg trat zögernd näher. »Es kam mir komisch vor, dass der Mann sich nicht gerührt hat und so lange am Platz verweilte«, berichtete er nervös. »Ich wollte unbedingt ein Selfie von mir und der Netzflickerstatue schießen. Darum fragte ich den Burschen, ob er nicht kurz mal aufstehen könnte.« Er zuckte mit den Schultern, eine Geste, die seinen ganzen Körper in Wallung versetzte. »Er antwortete nicht, hob nicht einmal den Kopf, um mich anzuschauen. Da habe ich ihn an der Schulter gefasst – und bin mit einem Schrei zurückgewichen. Er fühlte sich unnatürlich kalt und leblos an. Da wurde mir klar, dass dieser Mann tot sein musste.« Er schüttelte sich. »Vor mir hatten ihn schon andere Passanten angesprochen – das hatte ich beobachtet. Wahrscheinlich wollten sie auch Fotos machen, hielten den Burschen aber wohl für unhöflich und sind gegangen.«

Ruth hielt nach Alice Ausschau, und als sie die Streifenpolizistin oben bei der Absperrung entdeckte, winkte sie sie zu sich.

»Nehmen Sie bitte zu Protokoll, was Herr Berg über das Auffinden des Toten zu berichten hat«, trug sie der Streifenpolizistin auf. Und an den beleibten Touristen gerichtet sagte sie: »Anschließend dürfen Sie gehen. Es könnte allerdings gut sein, dass wir noch einmal auf Sie zurückkommen müssen.«

Horst Berg nickte gefasst. »Ich werde wohl noch ein paar Tage bleiben, obwohl es mir hier in Greetsiel jetzt nicht mehr ganz geheuer ist.« Er blickte kurz zur Leiche hinüber, als er dies sagte. Erneut schüttelte er sich, als würde ihn ein eiskalter Schauer über den Rücken kriechen.

Rieke, der weder die Worte noch die Geste des Mannes entgangen waren, jammerte kläglich auf. »Das ist alles so schrecklich!«, klagte sie mit brüchiger Stimme.

Daraufhin winkte Ruth Dr. Fixlmillner herbei. Der Rechtsmediziner ließ von dem Toten ab und kam gemessenen Schrittes näher. Ruth bat ihn, sich um die Frau des Opfers zu kümmern und ihr, wenn nötig, ein Beruhigungsmittel zu verabreichen. Aber Rieke wollte davon nichts wissen. Sie bestand darauf, auf ihrer Bank in Ruhe gelassen zu werden. »Ich will sehen, was mit meinem armen Tido passiert.«

»Er wird gleich vom hiesigen Bestattungsunternehmen abgeholt und nach Emden in die gerichtsmedizinische Abteilung gebracht werden«, erläuterte Fixlmillner leutselig. »Dort werde ich mich dann seiner annehmen.«

Rieke sah den zwei Meter großen Rechtsmediziner prüfend von unten herauf an. »Sie werden ihn doch bestimmt gut behandeln, nicht wahr?«

Fixlmillner lächelte begütigend. »Machen Sie sich keine Sorgen. Er wird nichts merken und am Ende genauso aussehen, wie Sie ihn zuletzt in Erinnerung hatten.«

*

Dr. Fixlmillner bestätigte im Großen und Ganzen Ruths Überlegung, warum das Projektil noch im Kopf des Opfers steckte. »Ein Schuss aus weiter Ferne erscheint mir am wahrscheinlichsten«, sagte er, nachdem er sich gemeinsam mit Ruth und Hagen von den Sitzbänken entfernt hatte, damit Rieke Looke sie nicht hören konnte. »Eine Pistole kommt als Tatwaffe darum wohl eher nicht infrage, denn es muss schon mit dem Teufel zugehen, unter diesen Umständen einen so präzisen Treffer zu landen«, fuhr Fixlmillner im Tonfall eines Dozenten fort, denn er war ein Mann, der sich gerne reden hörte und dabei wusste, dass er Dinge von einigem Gewicht zu sagen hatte. »Ich vermute, dass ein Gewehr zum Einsatz kam. Der Schuss sitzt äußerst genau. Wir können bestimmt davon ausgehen, dass dieser Kopfschuss kein Zufall, sondern geplant gewesen war. Es gehört schon einiges Können dazu, einen Menschen aus der Entfernung so gezielt zu töten. Gut möglich also, dass ein Scharfschützen-gewehr mit Schalldämpfer verwendet wurde.« Er lächelte, als freute er sich über eine besondere Herausforderung. »Ich bin schon sehr gespannt, wie das Projektil aussieht, das ich diesem armen Burschen aus seinem Gehirn …«

Ruth stoppte den Redefluss des Rechtsmediziners, indem sie ihm die offene Handfläche hinstreckte. »Wir sind schon sehr auf Ihren Abschlussbericht gespannt«, sagte sie diplomatisch, weil sie wusste, wie ungern Dr. Fixlmillner sich unterbrechen ließ. »Er wird sicherlich wieder sehr exakt und detailliert ausfallen, wie wir es von Ihnen gewöhnt sind.«

Dr. Fixlmillner nickte gewichtig. »Eine gründliche forensische Untersuchung trägt viel zur Aufklärung von Verbrechen bei, und …«

»Und wir müssen uns jetzt beeilen«, war es diesmal Hagen, der dem Rechtsmediziner ins Wort fiel. »Die Krabbenkutter werden jeden Moment ablegen, und wir müssen noch ein paar Fischer befragen. Wenn wir Pech haben, kehren die nämlich erst nach Tagen von ihren Fangfahrten zurück, und so lange wollen wir nicht warten.«

Dr. Fixlmillner nickte verständnisvoll. »Dann lassen Sie sich von mir nicht länger aufhalten.«

Ruth gab Alice noch ein paar knappe Anweisungen, dann machte sie sich zusammen mit Hagen auf den Weg zum gegenüberliegenden Ufer. Dazu mussten sie zuerst den Deichweg zurückgehen, um zur historischen Brücke zu gelangen, die über das Neue Greetsieler Außentief und zum Kutterhafen führte. Immer noch hielten sich etliche Schaulustige auf dem Deich und unten beim Anleger für die Ausflugsschiffe auf. Die Menge hatte sich allerdings ein wenig gelichtet, sodass die beiden Kriminalisten einigermaßen zügig vorankamen. Einmal nur verlangsamte Ruth ihren Schritt, als sie Konrad Maizelmann unter beim Anleger stehen sah. Er schaute zu ihr hoch und hob kurz grüßend eine Hand. »Viel Glück!«, hörte Ruth ihn noch rufen, während sie weiter hastete.

»Inzwischen weiß wohl jeder, dass es einen Mord gegeben hat«, bemerkte Hagen.

»Kein Wunder«, erwiderte Ruth. »Bei dem Aufgebot von in weiße Staubanzüge gekleideten Forensikern, die sich beim Netzflickerdenkmal rumtreiben, kann sich jeder zusammenreimen, dass der alte Mann, der neben der Statue sitzt, nicht an Altersschwäche gestorben ist.«

Sie erreichten die gemauerte Brustwehr am Ende des Weges, wo Ruths Fahrrad stand. Beunruhigt stellte die Hauptkommissarin fest, dass zwei Kutter bereits abgelegt hatten und den Sielzufluss Richtung Schleuse hinauftuckerten. Kurzentschlossen entfernte sie das Schloss von ihrem Fahrrad, setzte sich auf den Sattel und befahl Hagen, sich auf den Gepäckträger zu schwingen.

Hagen schob seine Chefin erst ein kleines Stück an, ehe er dann rittlings auf den Gepäckträger hüpfte. Auf der im Fischgrätenmuster gepflasterten Straße kamen sie gut voran. Sie fingen sich von einigen Passanten sogar belustigt-gerührte Blicke ein, weil die reife, herb-attraktive Frau mit dem dunklen, lockigen Haar, die kräftig in die Pedale trat, und der junge, attraktive Bursche hinter ihr auf dem Gepäckträger offenbar zu manch amourösen Spekulationen reizte. Aber die Beziehung zwischen der Hauptkommissarin und ihrem jungen Kollegen war rein beruflich, was Hagen jetzt allerdings nicht davon abhielt, die Hüften seiner Chefin zu umfassen, damit er nicht vom Fahrrad rutschte.

Ruth schwenkte auf die Rampe ein, die zum Kai der Kutter hinabführte. Das Fahrrad wurde nun ohne ihr Zutun rasch schneller. »Juhu!«, entschlüpfte ihr ein Freudelaut, denn die rasante Fahrt erinnerte sie an ihre Mädchentage in Hamburg und die waghalsigen Fahrradrennen auf den steil zum Elbstrand hinabführenden Straßen in Blankenese.

Sie nutzte den Schwung, um schnell zu dem gelben Krabbenkutter, die *Greetchen*, zu gelangen. Dort angekommen bremste sie hart, sodass Hagen mit dem Gesicht unsanft gegen ihren Rücken prallte.

»Das hat Ihnen offenbar Spaß gemacht«, stellte er leicht angesäuert fest und beeilte sich abzusteigen.

»Ihnen etwa nicht?«, fragte Ruth spitzbübisch.

»Ich sitze lieber hinter dem Steuer eines Autos als auf einem Gepäckträger«, erwiderte Hagen trocken. »Das macht mir mehr Freude.«

Ruth lehnte das Rad gegen einen Polder und wandte sich dann dem jungen Mann in Fischerhemd und Cordhose zu, der gerade das Haltetau des Krabbenkutters lösen wollte. Der Dieselmotor des Kahns blubberte und röhrte lärmend vor sich hin, und der Geruch nach Schweröl und Fisch hing in der Luft. »Warten Sie bitte einen Moment, wir müssen mit Ihnen reden«, sprach sie den Mann mit lauter Stimme an und hielt ihm dabei ihren Dienstausweis vor die Nase.

Der Mann heftete den Blick fest auf das Dokument und krauste die Stirn. Er hatte ein jugendliches, offenes Gesicht und graublaue Augen, die kiebig schauten. »Kriminalhauptkommissarin Ruth Fasan«, las er laut ab. Dann sah er Ruth direkt an. »Wir stechen gerade in See.«

»Es ist wichtig«, beharrte Ruth. »Wir ermitteln in einem Mord-fall!«

Der Mann fuhr fort, den Knoten des Taus zu lösen. »Und was sollen wir damit zu schaffen haben?«

»Das wollen wir ja gerade herausfinden«, erwiderte Ruth.

»Aber nicht jetzt«, beschied der Fischer leichthin.

»Was liegt an?«, rief ein anderer Mann vom Deck des Kutters herüber. Er war ein bisschen älter als der, den Ruth angesprochen hatte, sah ihm jedoch ziemlich ähnlich und trug auch annähernd die gleiche Arbeitskleidung.

»Kripo«, sagte der jüngere Fischer bloß, der jetzt aufgehört hatte, sich an dem Tau zu schaffen zu machen.

»Wir müssen Ihnen einige Fragen stellen«, erläuterte Ruth. »Jetzt sofort!«

»Wir haben zu arbeiten«, gab der Mann zu bedenken. »Das sehen Sie doch.«

Ein dritter Mann tauchte auf. Er hakte die Finger in das herabhängende Fischernetz und strich sich mit der anderen Hand eine verwegene Strähne aus der Stirn. »Moin, Hagen!«, rief er leicht verwundert. »Was treibt dich denn zu uns?«

»Moin, Enno!« Hagen hob lässig eine Hand. »Berufliches«, sagte er dann einsilbig.

Enno, bei dem es sich, wie Ruth vermutete, um jenen Schulfreund handelte, den Hagen vorhin erwähnt hatte, blickte kurz über die Schulter zum gegenüberliegenden Ufer hinüber. Der Leichenwagen war soeben eingetroffen. »Geht es um den toten Alten beim Netzflicker?«

Hagen nickte. »Es ist Tido Looke.«

»Was?!« Der vor Ruth stehende Mann riss die Augen auf. Dann machte sich ein Grinsen auf seinem Gesicht breit. »Das ist ja ein Ding!«, rief er heiter aus. »Jetzt hat es den Alten also endlich erwischt!«

»Pass auf, was du in Anwesenheit der Bullen sagst, Tim!«, fuhr der Ältere ihn an.

Tim senkte daraufhin den Blick, wirkte dabei aber in keiner Weise reumütig. Vielmehr hatte Ruth den Eindruck, dass er bloß ein Schmunzeln vor ihr verbergen wollte.

»Sie müssen meinen Bruder entschuldigen«, sagte der Ältere nun. »Tim ist ein Kindskopf.«

»Sie sind Keno Harm?«, fragte Ruth.

Der Angesprochene nickte. »Und das ist mein Bruder Tim«, sagte er mit einem Kopfnicken zu dem Jüngeren hin. Dann legte er dem neben ihm stehenden Mann eine Hand auf die Schulter. »Und das hier ist Enno Ederson. Er gehört seit Kurzem zu unserer Besatzung.«

Ein durchdringendes Tuten schallte von einem vorbeifahrenden Kutter herüber.

»Wir müssen jetzt wirklich los«, drängte Keno. »Die auslaufende Flut wird nicht auf uns warten!«

»Tido Looke ist ermordet worden«, sagte Hagen, ohne näher auf die Umstände einzugehen.

Keno schwieg einen Moment und zuckte dann unbeeindruckt mit den Schultern. »Tja … was soll man da sagen?«

»Dass Sie diesen Tod bedauern, zum Beispiel«, schlug Ruth vor.

»Der hat nur gekriegt, was er längst verdient hat!«, zischte Tim mühsam beherrscht.

»Halt die Klappe, Mann!« Keno rang die Hände. »Nicht zu fassen, dass du so was in Anwesenheit der Polizei sagst!«

Wütend sah Tim zu seinem Bruder hinüber. »Wenn es aber doch wahr ist!«

Enno schüttelte genervt den Kopf und krallte die Hand noch fest in die Netzmaschen. »Ihr solltet jetzt lieber die Fragen beantworten, als eurem Frust noch länger Luft zu machen. Sonst kommen wir hier nämlich gar nicht mehr weg!«

»Was wollen Sie denn nun von uns wissen?«, fragte Keno daraufhin unleidig.

»Haben Sie Schusswaffen an Bord?«, kam Ruth gleich auf den Punkt.

Keno verzog verwundert das Gesicht. »Nein, natürlich nicht.«

Tim stieß ein kurzes Lachen aus. »Wo kommen Sie her, wenn Sie glauben, Krabben würden man mit einer Knarre jagen? Was glauben Sie, warum wir Netze an Bord haben?«

»Dann haben Sie sicherlich nichts dagegen, wenn wir an Bord kommen und uns mal umsehen«, ließ Ruth sich nicht provozieren.

Keno fuchtelte wild mit einem Arm. »Für so was haben wir jetzt echt keine Zeit. Kommen Sie wieder, wenn wir von der Fangfahrt zurückkehren. Dann können Sie unsere *Greetchen* meinetwegen nach Lust und Laune auf den Kopf stellen.«

»Wir müssen darauf bestehen«, erwiderte Ruth bestimmend.

»Der alte Looke ist also erschossen worden?«, fragte Enno an Hagen gerichtet, als sich dieser an Bord schwang. »Und ihr glaubt, es wurde von den Kuttern aus auf ihn gefeuert?«

»Wie lange halten Sie sich schon im Hafen auf?«, überging Ruth die Frage. Hagen, der sich auf den Kuttern recht gut auskannte, begann unterdessen mit der Durchsuchung.

»Seit heute früh um fünf«, antwortete Keno. »Es gibt vor dem Auslaufen immer eine Menge vorzubereiten.«

Ruth sah auf ihre Uhr. »Also seit vier Stunden. Haben Sie eventuell einen Schuss gehört?«, wollte sie dann wissen. »So etwa vor zwei Stunden?«

»Nicht dass ich wüsste … nee.« Keno deutete um sich. »Es ist nicht gerade leise hier, wie Sie hören können. Gut möglich also, dass wir den Knall einfach nur nicht mitbekommen haben.«

Tim und Enno wollten ebenfalls keinen Schuss gehört haben.

»Wars das jetzt?«, fragte Keno und trat ungeduldig von einem Bein auf das andere. Nervös sah er zu Hagen hinüber, als der in das Steuerhaus ging, um sich dort umzuschauen.

»Sie waren nicht besonders gut auf den alten Netzflicker zu sprechen, habe ich gehört«, sagte Ruth.

»Was würden Sie von einem Kerl halten, den Sie für den Tod Ihres Vaters verantwortlich machen?«, fragte Tim patzig.

»Ich würde alles daransetzen, Beweise dafür zu finden«, entgegnete Ruth. »Gibt es die in Ihrem Fall denn?«

Tim winkte verächtlich ab. »Tido hat es verstanden, jeglichen Verdacht von sich abzulenken. Dabei müsste jedem klar sein, dass er …«

»Unser Vater kam vor etwa zehn Jahren während einer Fangfahrt ums Leben«, fuhr Keno dazwischen. »Tido Looke war mit von der Partie und Frodo August ebenfalls. Fragen Sie den, wenn Sie mehr über den Vorfall erfahren möchten, der unserem Vater das Leben gekostet hat. Wir haben jetzt anderes zu tun.«

Mürrisches Schweigen machte sich breit. Zuletzt sah Hagen sich in dem engen Maschinenraum um. Er rieb sich die Hände an einem Lappen sauber, als er wieder hervorkam, und schüttelte den Kopf. »Nichts«, sagte er. »Ich denke, ich habe überall nachgesehen, wo man ein Gewehr verstecken könnte.«

»In Ordnung.« Ruth bedeutete Hagen, zu ihr zu kommen.

Mit einer entschlossenen Geste gab Keno seinem Bruder daraufhin zu verstehen, das Seil endlich zu lösen.

Mit geübten Griffen öffnete Tim daraufhin den Knoten und warf Keno das Seil zu. Dann sprang er mit einem kühnen Satz an Bord. Enno hatte sich bereits abgewandt und enterte jetzt das Führerhäuschen, um sich hinter das Ruder zu stellen.

»Jetzt, wo der alte Looke hinüber ist, wird wohl niemals herauskommen, dass er ein gemeiner Mörder war!«, rief Tim, während der Motor der *Greetchen* aufbrüllte und der Kutter vom Anleger wegdriftete. Er winkte und drehte sich dann weg.

Ruth und Hagen blieben noch einen Moment am Fleck stehen und verfolgten, wie der Kutter wendete.

Ruth verzog unzufrieden den Mund. »Nutzen wir lieber unsere Zeit und fragen die noch verbliebenen Fischer, ob sie eventuell einen Schuss gehört haben.«

Kapitel 2

Knapp eine halbe Stunde verblieb den Kriminalisten für ihr Vorhaben, ehe auch der letzte Kutter abgelegt hatte und in Richtung Leysielschleuse davongetuckert war. Die Befragung der Krabbenfischer verlief allerdings ergebnislos. Die Männer und Frauen waren auf den Kuttern offenbar zu sehr mit ihren eigenen Angelegenheiten beschäftigt gewesen und sagten einhellig aus, nichts Verdächtiges bemerkt zu haben.

Ruth spürte jetzt ein leichtes Kratzen im Hals, da sie ihre Fragen wegen des Lärms laut und mit Nachdruck hatte stellen müssen, worunter ihre Stimmbänder ein wenig gelitten hatten. Dabei hatte sie sich von den Fischern manch flapsige, humorvolle Antwort gefallen lassen müssen, wie es nun einmal die Art der Ostfriesen war.

Hagen ging lässig neben Ruth her, während die zu ihrem Fahrrad zurückkehrte.

»Was glauben Sie, Hagen«, fragte Ruth nachdenklich. »Trauen Sie den Fischern zu, dass sie zusammenhalten und mit Informationen knausern, um sich gegenseitig zu schützen?«

Hagen sah seine Chefin entgeistert an. »Sie meinen, dass wir nichts erfahren haben, weil die Fischer Tido Looke alle den Tod gewünscht haben und den Mörder darum decken?« Er schüttelte vehement den Kopf. »Die Leute in Greetsiel lösen ihre Streitigkeiten nicht in Westernmanier, hier nimmt man kein Blatt vor den Mund und sagt dem Nachbarn, mit dem es Streit gibt, unverblümt die Meinung. Schlagfertigkeit und Ehrlichkeit sind die Waffen, mit denen die Streitigkeiten hier ausgehandelt werden. Tido Looke mag ein mürrischer Zeitgenosse gewesen sein, der oft aneckte, aber von diesen Charakteren gibt es in Ostfriesland eine Menge, und keiner von ihnen wird deshalb gleich ermordet!«

Ruth konnte nicht umhin zu lächeln. »Alle Achtung. Das nenne ich mal ein leidenschaftliches Plädoyer für die Unschuld verschrobener Leute!«

Hagen blieb stehen. »Verschroben? Meinen Sie damit etwa die Ostfriesen?«

»Jeder Menschschlag hat seine Eigenheiten.« Ruth ergriff den Lenker ihres Fahrrades. »Ich wäre nicht von Hamburg nach Greetsiel übergesiedelt, wenn ich keine Sympathie für die Art und Weise empfinden würde, mit der die Leute in diesem Landstrich miteinander umgehen.«

Diese Worte stimmten Hagen versöhnlich. »Wir sind uns also einig, dass wir davon ausgehen müssen, dass die Fischer wirklich nichts von dem tödlichen Schuss mitgekriegt haben?«

»Was die Vermutung nahelegt, dass der Schütze einen Schalldämpfer verwendet hat«, erwiderte Ruth.

»Aber eine Person, die an Bord eines Kutters mit einem Gewehr hantiert, wäre den Fischern zweifelsfrei aufgefallen«, gab Hagen zu bedenken.

»Nicht, wenn diese Person sich zum Beispiel im Steuerhaus aufgehalten hat«, hielt Ruth dagegen. »Von dort aus hätte der Mörder durchaus ungestört agieren können, ohne bemerkt zu werden. Diese engen Kabinen sind von außen schlecht einzusehen und eigenen sich hervorragend als Schießstand.«

Hagen vergrub die Hände in die Hosentaschen. »Wenn Sie es sagen. Ich habe jedenfalls kein Gewehr an Bord der *Greetchen* entdecken können.«

»Wir besorgen uns vom Staatsanwalt einen Durchsuchungs-beschluss für den Kutter und die Wohnstätte der Brüder«, entschied Ruth. »Sobald sie von der Fangfahrt in den Greetsieler Hafen zurückgekehrt sind, nehmen wir ihr Boot noch einmal gründlicher unter die Lupe.«

»Bis dahin könnten Keno und Tim alle verdächtigen Spuren beseitigt haben – vorausgesetzt, sie haben überhaupt was mit diesem Mord zu tun. Vielleicht haben sie die Tatwaffe ja auch ins Hafenbecken geworfen.«, fiel ihm jetzt ein.

»Wir werden Taucher kommen lassen«, entschied Ruth und sah Hagen dann prüfend an. »Was ist mit Ihrem ehemaligen Schulfreund?«

»Enno Ederson? Was soll mit dem sein?«

»Ihm wird so gut wie nichts von dem entgehen, was sich an Bord der *Greetchen* abspielt. Könnten Sie ihn dazu bewegen, auszu-packen, wenn es denn etwas auszupacken gäbe?«

Hagen zuckte mit den Schultern. »Gut möglich. Versuchen könnte ich es ja mal.«

»Sie werden es versuchen«, bestimmte Ruth und umfasste die Muffen des Lenkers fester. »Ich habe jetzt noch eine Kleinigkeit zu erledigen. Kümmern Sie sich inzwischen bitte um den Durchsuchungsbeschluss und sehen Sie vorher drüben beim Netzflickerdenkmal noch einmal nach dem Rechten.« Ihr fiel noch eine Sache ein. »Ach ja. Und finden Sie heraus, wo dieser Frodo August wohnt. Er soll uns erzählen, was damals an Bord des Krabbenkutters geschehen ist und wie Heiner Harm, der Vater von Keno und Tim, ums Leben kam.«

Hagen tippte sich mit den Fingern frohgemut an die Stirn. »Wird gemacht.«

Ruth lächelte ihrem Kollegen zu und schwang sich aufs Rad. Ihr Ziel war das Antiquariat von Abbe Larsen.

*

Eine junge Mitarbeiterin des Antiquitätenhändlers kümmerte sich um die Beaufsichtigung der Ausstellungshalle. Etwa ein Dutzend Touristen schlenderten an den Regalen und Tischen entlang, betrachteten dieses und wogen jenes prüfend in der Hand, als überlegten sie, was sich als Mitbringsel von ihrem Urlaub in Ostfriesland wohl am besten eignen würde.

Abbe Larsen hielt sich einmal mehr in dem mit einer Glaswand abgeteilten Bereich auf, wo sich die »wirklich guten Sachen« befanden. Offenbar hatte er gerade ein Geschäft abgeschlossen, denn als Ruth auf die Verbindungstür zu schritt, wurde diese von dem Antiquitätenhändler soeben geöffnet und eine vornehm gekleidete Frau, die mit beiden Händen ein antikes Fernrohr vor sich hertrug, kam der Hauptkommissarin entgegen. Die Frau sah glücklich und zufrieden aus und erweckte ganz den Anschein, davon überzeugt zu sein, eine wertvolle Preziose ergattert zu haben.

»Ich wünsche Ihnen einen schönen Tag, Frau Angerström. Und erinnern Sie Heidrun an der Kasse daran, Ihnen den vereinbarten Rabatt zu gewähren.«

»Das werde ich, mein Guter, das werde ich.« Die Frau nickte Ruth freundlich zu und stolzierte davon.

Abbe hielt Ruth die Glastür auf. »Ich hätte Ihre Positionslampe schon zweimal an den Mann bringen können«, sagte er in aufgeräumter Stimmung. »Wollen Sie sie mir nicht doch zum Verkauf überlassen?«

»Wie gesagt: Ich werde sie vorerst behalten«, erwiderte Ruth und trat ein. »Felix und ich werden erst einmal sichten, was mein Dachboden noch alles hergibt. Dass die Lampe tatsächlich alt ist, lässt mich hoffen, dass es sich auch bei den übrigen Fundstücken nicht bloß um wertlosen Plunder handeln wird.« Sie legte die Hand auf die Positionsleuchte am Rand des Kartentisches. »Ich werde Sie natürlich für Ihre Expertise bezahlen, Herr Larsen.«

Abbe hob abwehrend die Hände. »Sie müssen mir nur versprechen, jeden Dachbodenfund, für den Sie keine Verwendung haben, zu mir zu bringen. Mehr will ich von Ihnen gar nicht.«

»Abgemacht.« Ruth klemmte sich die Lampe unter den Arm.

Abbe sah sie ernst an. »Stimmt es, was man sich erzählt: Tido Looke ist gewaltsam zu Tode gekommen? Deswegen sind Sie heute früh doch so plötzlich davongestürmt, nicht wahr?«

Ruth zuckte mit den Schultern. »Leider ja«, sagte sie kurz angebunden. Sich länger als nötig in dem Antiquariat aufzuhalten, wollte sie möglichst vermeiden, um von dem Antiquitätenhändler nicht ausgefragt zu werden.

Abbe verschränkte die Arme, eine Geste, die andeutete, dass er wegen des Themas unbedingt Gesprächsbedarf verspürte. »Dass der alte Tido ausgerechnet beim Netzflickerdenkmal umkam, ist schon ein starkes Stück. Er war ja selbst einer.«

»Das ist mir bekannt.« Ruth schickte sich an, zu gehen.

»Wie ist er gestorben?«, fragte Abbe und ließ die Arme sinken.

Ruth war erleichtert, dass diese Information bisher anscheinend noch nicht durchgesickert war. »Das kann ich Ihnen aus ermittlungstechnischen Gründen nicht sagen.«

»Tido hat mir hin und wieder gebrauchte Teile von seinem alten Krabbenkutter zum Verkauf überlassen«, sinnierte Abbe. »Vierkantschlüssel, Bullaugen, Seekarten und sogar alte Maschinenteile und Stücke der Fangvorrichtung. Gegenstände, die von den Krabbenfischern auf ihren Booten jahrelang verwendet wurden, sind bei Touristen sehr begehrt. Und Tido lieferte sie mir, wenn er Geld brauchte. Diese Dinge stammten von seinem alten Kutter, den er aufgegeben hatte.«

Ruth war in der Tür stehen geblieben. Diese Gelegenheit, mehr über das Mordopfer zu erfahren, wollte sie sich nicht entgehen lassen. »Bevor Tido Looke Netzflicker wurde, war er Krabbenfischer – davon habe ich bereits gehört.«

Abbes Miene wurde nachdenklich. »Tido hat seinen Kutter damals verschrotten lassen, obwohl er ihn sicherlich hätte verkaufen können. Aber das wollte dieser Sturkopf aus unerfindlichen Gründen nicht. Er wollte, dass seine *Granate* vollständig aus dem Verkehr gezogen wurde. Zum Glück war er schlau genug, den Kahn vorher auszuschlachten, bevor er ihn vom Schrotthändler abholen ließ. Und diese Sachen habe ich für ihn dann nach und nach zu Geld gemacht.« Er deutete auf die Schatulle mit den Duellpistolen auf dem Kartentisch, die dort immer noch lagen. »Herr Maizelmann gehört übrigens auch zu den Kunden, die von diesen Überbleibseln etwas gekauft haben.« Er überlegte einen Moment, dann fiel ihm wieder ein, was es gewesen war: »Ein ganzes Fischernetz hat er genommen.« Abbe schüttelte nachsichtig den Kopf. »Er kaufte es nur, weil dieses Netz angeblich den Tod eines Fischers verursacht hatte. Sie haben Herrn Maizelmann vorhin ja kennengelernt und wissen, dass er einen Hang zum Morbiden hat. Dieses Fangnetz, mit dem Tido viele Jahre gearbeitet hatte, hatte es Herrn Maizelmann sofort angetan, als ich ihm erzählte, was es damit auf sich hat.«

Ruth war hellhörig geworden. »Dieser zu Tode gekommene Fischer, von dem Sie sprechen, er hieß nicht zufällig Heiner Harm?«

»Allerdings – genau von dem ist die Rede.« Abbe schaute überrascht. »Sie sind gut informiert, Frau Hauptkommissarin.«

»Das gehört zu meinem Job. Mir ist auch bekannt, dass Heiner Harms Söhne behaupten, dass Tido Looke für den Tod ihres Vaters verantwortlich ist.«

Abbe verzog den Mund. »Ein schwieriges Thema«, sagte er und seufzte. »Es war ein bedauerlicher Unfall, aber das wollen Heiners Bengel nicht gelten lassen.«

»Was genau war denn an Bord des Kutters vorgefallen?«

»Heiner hatte sich offenbar im Netz verheddert, während es ausgebracht wurde. Er ging samt Fanggeschirr über Bord und wurde dann nie wieder gesehen. So jedenfalls erzählt man es sich in Greetsiel.« Er zuckte mit den Schultern. »Tido war dabei gewesen, als das Unglück geschah und konnte wohl nichts mehr tun. Und Frodo August, der ebenfalls an Bord gewesen war, hatte anscheinend nichts von alledem mitgekriegt.«

»So ein Krabbenkutter ist nicht gerade groß«, gab Ruth zu bedenken. »Wie soll man da nicht mitkriegen, wenn ein Mann um Hilfe ruft, was Heiner sicherlich getan hat, als das Netz ihn erfasste?«

Abbe hob ratlos die Hände. »Diese Frage wird Ihnen wohl nur Frodo beantworten können.«

Ruth murmelte: »Den zu besuchen, liegt unbedingt als Nächstes an.« Sie bedachte den Antiquitätenhändler mit einem Lächeln und bedankte sich bei ihm für die Zeit, die er für sie geopfert hatte. Dann sah sie zu, dass sie mit ihrer Lampe unter dem Arm schnell aus dem Antiquariat herauskam.

*

Ruth brachte die antike Positionslaterne in die Polizeiwache in der Ankerstraße. Über dem Giebeleingang des aufwendig restaurierten Friesenhauses hing ebenfalls eine alte Lampe, die war allerdings nicht ganz so wuchtig wie die, die Ruth und Felix auf dem Dachboden des Deichhauses gefunden hatten.

»Wem wollen Sie damit denn heimleuchten?«, fragte Alice, als Ruth den Empfang betrat, der zusammen mit dem Tresen und dem dahinterliegenden Bereich zur Wirkungsstätte der Streifenpolizistin gehörte.

Ruth hielt die Laterne mit ausgestrecktem Arm vor sich. »All den unglücklichen Seelen der unentdeckten Mörder, denen wir noch das Handwerk legen werden«, antwortete sie mit einer

Stimme, als würde sie, an einem Lagerfeuer sitzend, eine Spukgeschichte zum Besten geben.

Alice schüttelte sich. »Locken Sie sie aber bitte nicht alle hierher. Wir haben nur eine einzige Arrestzelle, vergessen Sie das nicht.«

Ruth legte die Lampe vor Alice auf den Tresen. »Ist Hagen da?«

»Ja.« Alice schaute über ihre Schulter zur Verbindungstür, die ins Büro der Kommissare führte und nur zu erreichen war, wenn man hinter den Tresen kam und ihren Arbeitsbereich durchquerte. »Wollen Sie denn nicht hineingehen?«, wunderte sie sich.

»Holen Sie ihn bitte für mich«, entgegnete Ruth. »Wir müssen nämlich gleich los.«

»Wie Sie wünschen.« Alice holte einmal tief Luft und rief in Richtung der Verbindungstür: »Hagen, Ihr Typ wird verlangt!«

Ruth hielt sich die Ohren zu. »Ich wusste ja gar nicht, dass Sie ein so durchdringendes Organ besitzen.«

Alice lächelte liebenswürdig. »Ich habe es mir in vielen Jahren Streifendienst antrainiert. Das war ein hartes Stück Arbeit, das können Sie mir glauben. Ich nutzte jede Gelegenheit, meine Schreistimme einzusetzen, damit sie nicht einrostet.«

Hagen erschien in der Türöffnung. »Was ist los?«, fragte er ärgerlich. »Warum brüllen Sie denn so?« Als er Ruth bemerkte, wurde seine Miene wieder ein wenig freundlicher. »Ist irgendetwas passiert?«

»Alice wollte uns nur ihre Schreistimme vorführen«, beruhigte Ruth ihren Partner. »Haben Sie den Wohnort von Herrn Frodo August inzwischen ermittelt?«

»Er wohnt in der Dollarstraße.« Hagen schien immer noch ein wenig verstimmt. »Die anderen Aufgaben habe ich alle erledigt. Die Kollegen der Spurensicherung haben ihre Arbeit inzwischen auch abgeschlossen.«

»Dann schnappen Sie sich die Autoschlüssel. Wir fahren mit dem zivilen Einsatzwagen in die Dollarstraße.«

Die Aussicht, mit dem BMW fahren zu dürfen, ließ Hagen jeden Ärger sofort vergessen.

»Unterwegs erzähle ich Ihnen dann, was ich inzwischen über Tido Looke herausgefunden habe«, rief Ruth ihm nach, während er in ihr Büro eilte, um den Schlüssel zu holen.

Alice sah sie zweifelnd an. »An Ihrer Schreistimme müssen Sie aber noch arbeiten, Frau Hauptkommissarin. Sie klingen wie eine heisere Möwe.«

*

Das Röhren eines Benzinrasenmähers schallte zu den Kriminalisten herüber, als sie, bei der Adresse in der Dollarstraße angekommen, aus dem zivilen Einsatzwagen stiegen. Ruth verdrehte angesichts des Lärms genervt die Augen. Bei dem Rasenmäher musste es sich um ein älteres Modell handeln, denn er fabrizierte einen Heidenlärm, der dem, den die Dieselmotoren der Krabbenkutter verursacht hatten, in nichts nachstand. Zu ihrem »Glück« kam diese klapprige Höllenmaschine ausgerechnet im Vorgarten des Hauses von Frodo August zum Einsatz.

Der Mann, der das lärmende Ungetüm vor sich herschob, trug einen ölfleckigen Blaumann. Unter dem Schlapphut, der die obere Hälfte seines faltigen Gesichts beschattete, lugten Strähnen ergrauten Haares hervor. Er nahm keine Notiz von den beiden Personen, die vor der Eingangspforte des Grundstücks standen und winkten. Erst als es Hagen reichte und er die Pforte kurzerhand öffnete, hielt der Mann empört inne und stierte wütend zu den Kriminalisten herüber. Den Rasenmäher auszuschalten, kam ihm allerdings nicht in den Sinn.

»Ich vermiete nicht an Fremde!«, rief er mit schriller, gepresster Stimme, mit der er den Krach des Motors so gerade eben übertönte.

Hagen zeigte ihm seinen Dienstausweis. »Sind Sie Herr Frodo August?«, schrie er.

»Und wenn es so wäre?«, keifte der Mann.

»Wir müssen mit Ihnen reden.«

Die Miene des Angesprochenen verfinsterte sich. »Ich habe Ihnen nichts zu sagen!« Er stemmte sich gegen den Haltebügel und schickte sich an, mit dem Rasenmähen fortzufahren.

Ruth hatte die Nase nun ebenfalls voll. Sie ging auf das dröhnende Gartengerät zu, bückte sich und zog das Kabel von der Zündkerze. Mit einem Blubbern erstarb der Motor.

»Was fällt Ihnen ein!«, schimpfte Frodo August aufgebracht.

»Ich bin mir ziemlich sicher, dass Ihr antikes Stück die erlaubte sechsundneunzig Dezibel bei Weitem überschreitet, Herr August«, erwiderte Ruth ungerührt. Sie sah auf ihre Armbanduhr. »Darüber hinaus ist es jetzt vierzehn Uhr. Es ist Mittagsruhe. Was Sie da treiben, ist ruhestörender Lärm!«

»Hat Ilma deswegen etwa die Polizei gerufen?«, schimpfte der Alte.

»Wer ist Ilma?«, erkundigte sich Hagen.

Mit abfälliger Geste deutete Frodo August zum Nachbarhaus. »Die Hexe dort drüben!«

»Wir sind wegen Tido Looke zu Ihnen gekommen«, erklärte Ruth und sah den Mann prüfend ins beschattete Gesicht.

Frodo schob den Schlapphut daraufhin ein Stück die Stirn hinauf. »Aha«, sagte er nur.

Auf Ruth machte ihr Gegenüber den Eindruck, als wäre die Nachricht über den Tod seines ehemaligen Fischerkollegen noch nicht zu ihm durchgedrungen, oder er verstand es nur gut, sich zu verstellen. »Tido Looke ist heute Morgen ermordet beim Netzflickerdenkmal aufgefunden worden«, sagte sie.

Frodo ließ den Griff des Rasenmähers los und taumelte einen Schritt zurück, als hätte er einen Schlag ins Gesicht erhalten. »Was sagen Sie da?«, fragte er entgeistert. »Tido ist tot … ermordet worden?«

Hagen trat auf den Mann zu und fasste ihn fürsorglich am Oberarm, da er wohl befürchtete, der immer noch leicht wankende Frodo könnte jeden Moment stürzen. Der alte Fischer ließ es jetzt sogar zu, dass Hagen ihn zu einer neben dem Hauseingang stehenden Holzbank führte. Mit einem Ächzen ließ er sich mit dem Gesäß auf die Sitzfläche plumpsen und schaute

verwirrt zu dem jungen Kommissar auf. »Das ist ...
ungeheuerlich«, krächzte er. »Wie ... wie ist es geschehen?«

Hagen warf Ruth einen kurzen Blick zu, und als die ihm
zunickte, sagte er: »Er ist erschossen worden.«

Frodo riss die Augen auf; sie waren blau und vom Alter leicht
getrübt und drückten nacktes Entsetzen aus. »Sie wissen noch
nicht, wer es war«, dämmerte es ihm. Erschöpft lehnte er sich
zurück. »Die arme Rieke. Was soll denn jetzt aus ihr werden, ohne
ihren Mann?«

*

»Wie war denn Ihr Verhältnis zu Ihrem Freund Tido zuletzt?«,
fragte Ruth, die einen Fuß auf die Sitzbank gestellt hatte und den
angewinkelten Unterarm auf dem Oberschenkel abstützte.

Frodo sah sie kritisch an und nahm das Glas Wasser von den
Lippen, das Hagen ihm aus der Küche geholt hatte. »Tido war
nicht mein Freund«, stellte er mit Nachdruck klar und trank das
Wasserglas dann vehement mit einem Zug leer.

»Sie haben mit ihm jahrelang gemeinsam auf einem
Krabbenkutter gearbeitet«, wandte Hagen ein.

Frodo nickte. »So etwas nennt man dann Kollege. Befreundet
war ich mit Tido jedoch nie!« Er erhob sich trotzig, woraufhin
Ruth den Fuß von der Bank nahm. »Was wollen Sie denn nun
eigentlich von mir?«, fragte er aufgebracht. »Ich habe Tido ganz
bestimmt nicht auf dem Gewissen. Da sind Sie bei mir an der
falschen Adresse!« Er zeigte auf seinen Rasenmäher. »Außerdem
bin ich schon den ganzen Tag mit meinem Benziner zugange. Das
wird Ilma bestätigen, denn so lange muss sie den Lärm schon
ertragen.«

»Wir sind wegen der Zeit, die Sie als Krabbenfischer tätig
gewesen waren, hier«, erläuterte Hagen.

Frodo hob verwundert die Augenbrauen. »Aha.«

»Genaugenommen geht es uns um den Tag, als Heiner Harm
starb«, ergänzte Ruth.

Frodo packte die Krempen seines Schlapphuts und zog ihn tiefer in die Stirn. »Das liegt schon so lange zurück, und immer noch ist diese vermaledeite Nacht Thema?«, fragte er mürrisch.

»Es war also Nacht, als Heiner Harm über Bord ging?«, setzte Ruth an.

Frodo seufzte genervt. »Ja. Es war stockdunkel und bewölkt. Man hat kaum die Hand vor Augen gesehen.«

»Es gab aber doch bestimmt Beleuchtung auf dem Krabbenkutter?«

»Selbstverständlich. Die brachte jedoch nicht viel.«

»Erzählen Sie trotzdem, was sich zugetragen hat«, forderte Ruth ihn auf.

»Da gibt es nicht viel zu erzählen. Heiner hatte sich irgendwie in den Maschen des Grundnetzes verheddert, während der Ausleger runterklappte und das Fanggeschirr ausbrachte.« Mürrisch zuckte er mit den Schultern und vergrub die Hände in den Hosentaschen seines Blaumanns. »Ich habe davon nichts mitgekriegt, weil ich gerade am Dieselmotor der *Granate* rumgeschraubt hatte. Ein Ventil arbeitete nicht richtig und musste eingestellt werden. Der Lärm in der Maschinenmulde ist erheblich. Da hört man nichts anderes mehr – auch nicht, wenn jemand an Bord ruft oder schreit. Die Welt kann über dir zusammenbrechen, ohne dass du davon was mitkriegst.«

Ruth und Hagen ließen das Gesagte unkommentiert, standen abwartend da und signalisierten dem ehemaligen Fischer so, dass sie von ihm erwarteten, fortzufahren.

Frodo sah zur Seite. »Tido tauchte plötzlich neben mir auf, brüllte und fuchtelte wild mit den Armen.« Die Worte kamen zögernd über seine Lippen. »Er berichtete, was geschehen war, und dass wir nach Heiner suchen müssen.« Frodo vergrub die Hände noch tiefer in den Hosentaschen und zog unbehaglich die Schultern hoch. »Tido hatte das Grundnetz mit der Winde bereits gehoben und die Baumkurre hochgestellt, aber Heiner muss irgendwie von den Maschen losgekommen sein, während das Netz in die Wellen getaucht war. Jedenfalls hing er nicht mehr in den Maschen. Wir haben uns also die Taschenlampen geschnappt und das Meer rund um die *Granate* abgesucht. Die See war sehr unruhig und der Kahn hat ordentlich geschaukelt. Und wie gesagt: Die Sicht war miserabel.« Er seufzte schwer. »Sie wissen vermutlich, wie die Sache ausging. Heiner blieb unauffindbar. Der Blanke Hans hatte ihn mit Haut und Haaren verschlungen, wie unzählige andere Fischer vor ihm auch.« Betrübt schüttelte er den Kopf. »Seitdem gilt Heiner Harm als verschollen; unlängst wurde er dann auch für tot erklärt. Und was ich noch viel trauriger finde, ist, dass Minna, Heiners Frau, ihm nur zehn Jahre später folgte.« Als hätten ihn die Kräfte erneut verlassen, ließ sich Frodo auf die Bank sinken. »Sie starb an einem Herzinfarkt. Keno und Tim, ihre beiden Söhne, mussten sich von da ab allein durchs Leben schlagen. Es ist eine Tragödie!«

»Keno und Tim bezweifeln allerdings, dass ihr Vater aufgrund eines Unfalls ums Leben kam«, hakte Ruth ein.

Frodo verschränkte die Arme und streckte die Beine von sich. »Es ist ihr gutes Recht, das zu tun.«

»Sie zweifeln ebenfalls daran?«, erkundigte sich Ruth.

Frodo hob kaum merklich die Schultern. »Nein«, sagte er. »Denn dann würde ich behaupten, Tido hätte gelogen, als er von einem Unfall sprach. Und über einen Toten schlecht zu reden, gehört sich nicht.«

»Als Tido noch am Leben war, haben Sie seine Geschichte da jemals angezweifelt?«, fragte Ruth daraufhin.

»Nein!«, kam die Antwort wie aus der Pistole geschossen. »So, wie er es geschildert hat, muss es sich zugetragen haben. Der Polizei hatte Tido während der Befragung auch dasselbe geschildert. Es wird also alles seine Richtigkeit haben.«

»Wer hat die Befragung damals durchgeführt?«, wollte Ruth wissen, obwohl sie es sich bereist denken konnte.

»Hauptkommissar Peer Wieler natürlich«, antwortete Frodo dann auch erwartungsgemäß. »Der war in Greetsiel damals zuständig und hatte die alte Wache geleitet, die vor etlichen Jahren dann ja leider abgebrannt ist – fast zeitgleich zur Pensionierung des alten Wieler.« Frodo sah unter seinem Schlapphut zu den Kriminalisten auf. »Aber das wissen Sie ja alles, nicht wahr? Hauptkommissar Wieler stellte die Ermittlungen schließlich ein, da er letztendlich auch von einem Unfall ausging.«

Ruth hing einen Moment ihren Gedanken nach, und auch Hagen machte ein nachdenkliches Gesicht, als würde er die Worte des alten Fischers gegeneinander abwägen.

»Diese Fragen, die Sie mir über jene Nacht an Bord der *Granate* stellen …«, sagte Frodo gedehnt, »bedeutet das etwa, Sie vermuten, dass Tidos Ermordung damit etwas zu tun haben könnte?«

»Haben Sie denn einen Verdacht, wer Tido Looke ermordet haben könnte?«, brachte sich Hagen daraufhin ebenfalls mit einer Frage ein.

Frodo verzog das Gesicht. »Von derartigen Dingen habe ich keine Ahnung. Es ist Ihre Aufgabe, sich den Kopf über den Täter zu zerbrechen. Ich habe dazu keine Meinung.«

»Sie halten sich anscheinend gerne aus jedweden heiklen Angelegenheiten raus, nicht wahr?«, konnte sich Ruth die Bemerkung nicht verkneifen.

Gleichmütig winkte Frodo ab. »Es gibt schon genug Gerede. Da muss ich meinen Senf nicht auch noch dazugeben. Ich bin bisher gut damit gefahren, mich in der Gerüchteküche nicht als Koch zu versuchen, wie es die meisten anderen tun. Daraus erwächst nie Gutes.«

»Aber eine vage Ahnung werden Sie doch wohl haben«, blieb Hagen hartnäckig.

»Wenn Sie von mir jetzt erwarten, dass ich Keno und Tim Harm als mutmaßliche Täter ins Spiel bringe, muss ich Sie enttäuschen. Ich halte Heiners Söhne ebenso wenig des Mordes für fähig, wie jeden anderen hier in Greetsiel auch.«

»Tido Looke war allerdings nicht gerade beliebt«, gab Ruth zu bedenken. »Wäre es da nicht denkbar, dass …«

»Dass jemand ihn deshalb umbringen könnte?«, unterbrach Frodo sie. Er schüttelte den Kopf. »Wenn Sie sich umhören, werden Sie feststellen, dass niemand, der mit Tido aneckte, einen triftigen Grund gehabt hätte, ihn deshalb umzubringen. Diese Streitereien waren nichts Weltbewegendes, verstehen Sie.« Er sah auf seine Uhr. »Es ist jetzt bald fünfzehn Uhr. Ich kann mit dem Rasenmähen also weitermachen.« Er stand auf und schob sich entschlossen an den Kriminalisten vorbei. »Mehr habe ich Ihnen nicht zu sagen.« Mit diesen Worten verstöpselte er das Kabel mit der Zündkerze, packte den Griff des Starterseils und riss daran, sodass der Motor mit einem Brüllen zum Leben erwachte und eine bläuliche Rußwolke aus dem Auspuff schleuderte.

Ruth hielt sich demonstrativ die Ohren zu und beeilte sich dann, gemeinsam mit Hagen das Feld zu räumen.

*

Hagen machte es sich auf dem Fahrersitz des am Straßenrand parkenden BMW bequem und wandte sich seiner neben ihm sitzenden Chefin zu. Die Karosserie und die Scheiben des Fahrzeugs dämpften den Krach des Rasenmähers auf ein erträgliches Maß. »Für mich sieht es immer noch so aus, als wären Keno und Tim Harm die Einzigen, die als Täter für den Mord an Tido Looke infrage kommen«, sagte er.

Ruth nickte gedankenversunken. »Ich habe den Eindruck, dass Frodo August es genauso sieht, obwohl er sich den Anschein geben will, in dieser Hinsicht neutral zu sein.«

Hagen seufzte. »Leider müssen wir jetzt auf die Rückkehr der Krabbenkutter warten, ehe wir in dieser Sache weiterermitteln können.«

»Wir werden Peer Wieler einen Besuch abstatten«, entschied Ruth.

Hagen furchte die Stirn. »Warum das denn?«, fragte er unleidig.

Ruth lächelte nachsichtig. Hagen und der in Greetsiel lebende pensionierte Hauptkommissar konnten nicht grün miteinander werden. Ihre leicht sturen Charaktere verhinderten, dass eine harmonische Stimmung zwischen ihnen aufkommen konnte, dabei hätte Hagen durchaus von dem erfahrenen Polizisten lernen können. Aber irgendwie krachte es immer zwischen ihnen, wenn sie sich begegneten.

Das hielt Ruth allerdings nicht davon ab, Peer Wieler während der Mordermittlungen hin und wieder zurate zu ziehen, wenn sie es für nötig erachtete. Und wenn möglich, bezog sie Hagen dabei mit ein, denn sie gab die Hoffnung nicht auf, dass die beiden

Männer irgendwann doch noch Sympathien füreinander entwickelten.

»Herr Wieler hatte Tido Looke damals zum Vorfall an Bord der *Granate* befragt«, erläuterte Ruth geduldig. »Und da die Protokolle beim Brand der alten Polizeiwache damals alle verloren gingen und nichts davon vorher digitalisiert worden war, müssen wir Peer Wieler also persönlich zu dieser Sache befragen.«

»Es ist nur fraglich, ob der sich an diesen Fall noch so gut erinnern kann, dass wir von ihm tatsächlich Neues erfahren werden«, äußerte sich Hagen skeptisch. »Herr Wieler ging schließlich von einem Unfall aus, und es fanden keine weiteren Ermittlungen statt. Er wird diese Bagatelle bestimmt längst vergessen haben.«

»Wir werden sehen.« Auffordernd deutete Ruth auf den im Zündschloss steckenden Schlüssel. »Fahren Sie los, Hagen. Oder erinnern Sie sich etwa nicht mehr daran, wo der alte Wieler wohnt?«

Hagen verzog säuerlich das Gesicht. »Wie könnte ich das vergessen? Er wohnt im Krabbenweg.«

Ruth lehnte sich bequem zurück. »Dann bin ich ja beruhigt.«

Hagen startete den Motor und sah seine Chefin dabei verstimmt von der Seite an. »Sie haben nicht ernsthaft geglaubt, dass ich Peer Wielers Adresse vergessen habe, oder?«

Ruth lächelte entwaffnend. »Ich denke, dass Peer Wieler genauso entrüstet sein wird wie Sie jetzt, wenn ich ihm erzähle, dass Sie ihn für vergesslich halten.«

Hagen fuhr los. »Tun Sie das bloß nicht. Denn dann wird er nur noch schlechter auf mich zu sprechen sein!«

Ruth setzte eine strenge Miene auf. »Ich erwarte von Ihnen, dass Sie über Ihren Schatten springen, wenn es darum geht, einen Mord aufzuklären. Es wäre fatal, wenn Sie eine Informationsquelle vernachlässigen, nur weil Sie die Person, die sie verkörpert, unsympathisch finden.«

Hagen nickte zerknirscht. »Ich werde das beherzigen und mich bemühen«, versprach er.

Kapitel 3

Peer Wieler kaute ungeniert, während er die Haustür öffnete. Trotz seines Alters hatte er sich seine stämmige, kräftige Statur bewahrt, denn er war ein unternehmungslustiger Mann, der sich mit Sport und Hobbys im Freien eisern gegen die Gebrechen des Alters zu behaupten versuchte, was ihm auch recht gut zu gelingen schien. Sein immer noch sehr dichtes Haar sah ständig ein wenig windzerzaust aus, was den Anschein erweckte, man habe ihn gerade bei einer ihn stark fordernden Unternehmung angetroffen. Diesmal schien er allerdings mit Nahrungsaufnahme beschäftigt gewesen zu sein, wie er den beiden Kriminalisten, die an seiner Tür geklingelt hatten, mit nachdrücklichen Kaubewegungen deutlich zu verstehen gab.

»Moin«, begrüßte Ruth ihn unbeeindruckt. »Wir müssen Sie wegen einer alten Polizeiangelegenheit befragen.«

Wieler schluckte den Bissen hinunter. Er strahlte jetzt eine gewisse Ruhe aus, wie er so dastand und seine Besucher mit seinen eisblauen Augen taxierte. »Ist ja schon eine kleine Weile her, als Sie mich zuletzt besuchten«, äußerte er sich, wobei Ruth meinte, einen leichten Vorwurf in seiner Stimme wahrzunehmen.

»Ich belästige Sie eben nur ungern«, gab sie zurück, denn bisher hatte Wieler ihr immer das Gefühl gegeben, ihre Besuche wären unerwünscht.

»Und aus welchem Grund tun Sie es jetzt dennoch?« Wieler trat beiseite und wies mit knapper Geste ins Innere des Hauses. Er bedachte Hagen dabei mit einem Blick, der diesem das Gefühl geben musste, dass Wieler ihn als kleines Übel ansah, dessen Anwesenheit er während dieses Besuchs leider in Kauf nehmen musste.

Ruth streifte ihre Schuhe an der Fußmatte ab. »Es geht um …«

»Tido Looke«, fiel Wieler ihr ins Wort, während sie über die Schwelle trat.

»Eben den.« Dass dem pensionierten Hauptkommissar von dem Vorfall beim Netzflickerdenkmal bereits zu Ohren gekommen war, damit hatte sie fest gerechnet.

»Ziehen Sie gefälligst Ihre Schuhe aus!«, fuhr Wieler Hagen an, als dieser sich anschickte, Ruth ins Haus zu folgen. »Ich will keinen Straßendreck in meinen Zimmern!«

Hagen murrte Unverständliches vor sich hin, gehorchte dann aber. Ruth schlüpfte ebenfalls aus ihren Schuhen. Auf Strümpfen folgten sie dem Pensionär den Flur hinunter. Die geöffnete Küchentür ließ Wieler allerdings links liegen, stattdessen marschierte er auf das Wohnzimmer zu.

Im Vorbeigehen warf Ruth einen Blick in die Küche. Auf dem Esstisch vor dem Fenster stand Wielers Mittagessen: gebratener Fisch mit Kartoffeln und Möhren. Den Fisch hatte er sicherlich selbst gefangen, denn er war ein passionierter Angler, und das Gemüse stammte wahrscheinlich aus seinem eigenen Garten. Dass er sich beim Essen unterbrechen und es nun kaltwerden ließ, zeigte Ruth, dass Wieler den Grund dieses Besuches für ernst erachtete.

Das Zimmer, in das der Pensionär sie führte, war von hellem Tageslicht erfüllt, denn die Gardinen und Vorhänge waren gänzlich beiseitegezogen. Wieler machte es offenbar nichts aus, dass man von der Straße aus in sein Wohnzimmer sehen konnte. Das hatte Ruth bereits bei ihrem ersten Besuch in diesem Haus bemerkenswert gefunden, denn Wieler galt allgemein als verschlossen und eigenbrötlerisch, was seine unbeschwerte Art, der Öffentlichkeit seine Wohnsituation zu präsentieren, umso verwunderlicher machte.

Das Wohnzimmer wurde von Regalen voll mit in Leder gebundenen Büchern beherrscht. Die Möbel waren dunkel und an der Wandvertäfelung hingen gerahmte Bilder. Das Interieur machte einen formalen und zugleich aber auch ungezwungenen Eindruck.

Wieler setzte sich in einen Ledersessel und bedeutete seinen Gästen, ihm gegenüber auf dem Sofa Platz zu nehmen. »Dann schießen Sie mal los«, sagte er unaufgeregt.

Nachdem sie sich hingesetzt hatten, bedeutete Ruth Hagen mit einer Geste, das Reden zu übernehmen. Der rutschte mit dem Gesäß daraufhin bis zur Vorderkante der Sitzpolster und legte die Handflächen zusammen. »Erinnern Sie sich noch an den Vorfall an Bord der *Granate* und an die Befragungen, die Sie aufgrund dessen durchgeführt haben?«

Wieler zog leicht verärgert die Augenbrauen zusammen. »Haben Sie etwa Grund zu der Annahme, dass ich es nicht könnte?«, erkundigte er sich.

Hagen knetete nervös die Hände. »Sie erinnern sich also?«

Wieler schlug die Beine übereinander. »Denken Sie etwa, dass ich senil und vergesslich geworden bin?«

Hagen räusperte sich unangenehm berührt. »Was hatte sich Herrn Lookes Worten zufolge an Bord denn zugetragen?«

Wieler lächelte frostig. »Über welchen Vorfall möchten Sie denn etwas wissen?«

Hagen warf Ruth einen irritierten Blick zu, die zuckte aber nur unbestimmt mit den Schultern. »Es geht um das Verschwinden von Heiner Harm, was sonst?« In Hagens Stimme schwang jetzt Ungeduld mit.

»Wenn das so ist.« Peer Wieler schien einen Moment in sich zu gehen. Dann begann er zu erzählen. Dabei gab er inhaltlich so ziemlich genau dasselbe von sich, was Frodo August den Kriminalisten über die Vorkommnisse an Bord der *Granate* bereits erzählt hatte, nur dass Wielers Wortwahl ein wenig erlesener ausfiel. Auch vergaß er nicht zu erwähnen, welche Rolle Frodo bei diesem Unglück gespielt hatte.

»Dass Herr August von dem Geschehen nichts mitbekommen hatte, war natürlich ärgerlich«, schloss Wieler. »Mir wäre wohler gewesen, wenn es an Bord der *Granate* jemanden gegeben hätte, der Tido Lookes Bericht hätte bezeugen können. Die Umstände waren leider anders gewesen, und so habe ich Herrn Lookes Aussage eben glauben müssen. Selbstverständlich habe ich den Krabbenkutter gründlich untersucht. Ich konnte jedoch keine Anzeichen finden, die mich an den Worten des Fischers hätten Zweifeln lassen.«

»Keno und Tim, Heiner Harms Söhne …«

»… halten es nach wie vor für undenkbar, dass ihr erfahrener Vater so unbedacht gewesen sein könnte, dass es zu diesem Unfall hatte kommen können«, unterbrach Wieler den jungen Kommissar.

»Und wie stehen Sie dazu?«, schaltete sich Ruth ein.

»Unfälle passieren immer wieder«, antwortete Wieler unbestimmt. »Es sind schon weit erfahrenere Fischer als Heiner Harm auf dem Meer zu Tode gekommen. Manchmal kann einen eben nicht einmal die größte Lebenserfahrung vor dem Schicksal retten. Selbst dann nicht, wenn an Bord enge Freundschaften für Zusammenhalt und Opferbereitschaft sorgen. Tido und Frodo hätten sicherlich ihr Leben gegeben, um ihren Freund zu retten. Aber das war ihnen nicht vergönnt.«

Ruth furchte die Stirn. »Die drei Fischer waren also eng befreundet?«, hakte sie nach.

»Ja«, sagte Wieler. »Heiner, Tido und Frodo kannten sich von Kindesbein an und waren beste Freunde. Sie dienten sogar gemeinsam in derselben Bundeswehreinheit und ließen sich dort zeitgleich als Scharfschützen ausbilden.«

Ruth setzte sich kerzengerade auf, und auch Hagen schien plötzlich unter Strom zu stehen.

»Das ist ja ein Ding!«, entfuhr es Hagen.

»Was ist ein Ding?«, fragte Wieler und zog wegen Hagens flapsiger Wortwahl missbilligend eine Augenbraue in die Stirn.

»Tido Looke wurde vermutlich aus weiter Ferne mit einem Gewehr erschossen!«, platzte es aus Hagen hervor. »Um das zuwege zu bringen, ist einige Erfahrung im Umgang mit Schusswaffen vonnöten. Eine Ausbildung zum Scharfschützen wäre dabei sehr hilfreich.«

»Frodo August bestritt außerdem, dass er mit Tido Looke befreundet gewesen war«, ergänzte Ruth. »Er bestand darauf, dass sie nur Kollegen gewesen waren.«

Wieler stand auf. »Beim besten Willen kann ich mir nicht vorstellen, warum Frodo Tido hätte ermorden wollen.« Mit strenger Miene sah er die Kriminalisten an. »Sie sind auf dem Holzweg!«

Da schnellte Hagen plötzlich mit einem Satz hoch und stürzte sich mit einem Schrei auf den Pensionär. Wieler traf dieser Angriff völlig unvorbereitet, und als Hagen mit voller Wucht gegen ihn prallte, stürzte er rittlings in den Sessel zurück und

Hagen auf ihn drauf. Das klobige Sitzmöbel kippte nach hinten weg und krachte mit der Rückenlehne voran auf den Boden.

*

»Sind Sie denn von allen guten Geistern verlassen?!« Wieler wollte Hagen bei Seite stoßen, aber der klammerte sich an ihm fest, sodass er auf ihm liegen blieb.

»Rühren Sie sich nicht!«, zischte Hagen.

Wieler starrte den jungen Kommissar entgeistert an. »Sie müssen dringend in psychiatrische Behandlung, wissen Sie das!«

»Alle beide unten bleiben!«, rief Ruth den Männern befehlend zu. Sie selbst kniete jetzt, den Rücken dem beiden Männern zugekehrt, vor dem Sofa auf dem Boden. Die Dienstwaffe in der Hand lugte sie über das Möbelstück hinweg durch das dahinterliegende Fenster. Kurz sah sie zu dem münzengroßen Loch in der Scheibe hinauf, das wie von einem Frostring umgeben, von zerschmettertem Glas gesäumt wurde. Dann spähte sie wieder angestrengt nach draußen, um nach dem Schützen Ausschau zu halten, der Peer Wieler aufs Korn genommen hatte.

»Können Sie mir bitte mal erklären, was los ist?«, forderte Wieler ungehalten, rührte sich vorsorglich aber nicht mehr.

»Ist er verletzt?«, fragte Ruth, anstatt die geforderte Erklärung abzugeben. Draußen auf der Straße konnte sie nichts Verdächtiges erspähen. Ein paar Touristen schlenderten die Straße entlang und sahen sich entspannt die Häuser an. Ein Auto fuhr vorbei. Nach einer Person mit einem Gewehr in den Händen hielt die Hauptkommissarin vergebens Ausschau.

Hagen drückte sich eine halbe Armbreite von Wieler weg und suchte dessen Körper nach Wunden ab. »Die Schulter«, sagte er. »Wahrscheinlich ein Streifschuss.«

»Was?« Ungläubig tastete Wieler nach seinem linken Oberarm und verzog dann schmerzhaft das Gesicht, als er die Stelle berührte, wo sein Hemd aufgerissen war. Der Schrecken, der ihm Hagens plötzlicher Angriff beschert hatte, hatte ihn den Schmerz bisher noch nicht spüren lassen. Jetzt starrte er seine blutverschmierten Finger mit verzerrtem Gesicht an. »Verdammt. Was hat das zu bedeuten?«

»Sie haben verblüffend schnell reagiert, Hagen«, lobte Ruth ihren Partner. »Ich hatte noch gar nicht richtig realisiert, was der rote Punkt zu bedeuten hat, der plötzlich auf Herrn Wielers Brust glühte, da sind Sie schon aufgesprungen.«

Wielers Miene verfinsterte sich. »Jemand hat ein Zielfernrohr mit Infrarot-Laser auf mich gerichtet?«, wurde ihm plötzlich klar.

Hagen nickte. »Und es würde mich nicht wundern, wenn es dieselbe Person war, die auch Tido Looke auf dem Gewissen hat.«

»Wir müssen raus aus diesem Zimmer«, drängte Ruth. »Hinter diesem Panoramafenster geben wir ein leichtes Ziel für den Schützen ab.«

»Wir sollten vorsichtshalber hinauskriechen«, sagte Hagen und rollte vorsichtig von dem Pensionär hinunter. »Der Schütze hat erst geschossen, als sich Herr Wieler aus seinem Sessel erhoben hat. Wahrscheinlich ist er erst dann ins Schussfeld des Schützen geraten. Dieser Verbrecher wird also vermutlich irgendwo lauern, von wo aus er nur den oberen Bereich dieses Zimmers einsehen kann.«

»Okay. So machen wir es.« Ruth legte sich bäuchlings auf den Boden und kroch los, wobei sie den Kopf gesenkt hielt und die Dienstwaffe fest umklammerte.

Zur gleichen Zeit krabbelte Hagen flink wie ein Insekt auf allen vieren zur Wohnzimmertür, langte hinauf zum Griff und zog das Türblatt auf. Anschließend wartete er, bis Ruth und zuletzt Wieler in den Flur gelangt waren. Der Pensionär robbte wie ein Soldat unter Dauerfeuer über den Teppich und stellte sich dabei gar nicht so ungeschickt an. Hagen folgte den beiden und zog die Tür dabei hinter sich zu.

Ruth setzte sich schwer atmend auf und lehnte sich mit dem Rücken an die Wand. Eindringlich sah sie Hagen an. »Da draußen lauert ein Irrer mit einem Gewehr, der es offenbar auf Herrn Wieler abgesehen hat. Wir müssen ihn schnappen und unschädlich machen!«

»Der Schütze wird sich irgendwo auf der gegenüberliegenden Seite des Krabbenwegs positioniert haben«, mutmaßte Hagen.

»Wahrscheinlich hockt er auf dem Boden oder so. Dadurch ist sein Blickwinkel eingeschränkt, sodass er nur den oberen Bereich des Wohnzimmers einsehen konnte, während der untere für ihn verdeckt blieb.«

»Es gibt einen Parkplatz schräg gegenüber meinem Haus«, sagte Wieler, der die Hand auf die Schusswunde presste. »Der gehört zu einem großen Ferienhaus mit etlichen Wohneinheiten. Das ist der einzige Standort, der frei zugänglich wäre, und wo man wegen der abgestellten Pkw einigermaßen vor den Blicken der Passanten geschützt ist. Dort könnte sich der Übeltäter aufhalten, es sei denn, er hat sich in einem der gegenüberliegenden Häuser verschanzt, was ich allerdings nicht glaube.«

»Ausschließen können wir das aber nicht«, mahnte Ruth und versuchte das Horrorszenario zu verdrängen, das in ihrem Kopf entstand und das gewaltsame Eindringen des Schützen in ein Wohnhaus und die Geiselnahme der Bewohner mit einschloss.

Hagen fuhr sich mit der Hand übers Gesicht, was Ruth vermuten ließ, dass ihm gerade ähnliche schreckliche Gedanken durch den Kopf gingen. »Ich vermute, der Schütze sitzt in einem Auto«, sagte er rau und kam in geduckter Haltung auf die Beine. »Ich schnappe mir diesen Kerl jetzt!«, verkündete er.

»Sie werden nicht allein gehen!«, fuhr Wieler ihn an. »Das wäre purer Leichtsinn!«

»Wir machen das natürlich gemeinsam!« Ruth sah ihren pensionierten Kollegen prüfend an. »Kommen Sie für den Moment allein zurecht?«

»Klar – ist doch nur ein Streifschuss!«, entgegnete Wieler ungehalten.

»Rufen Sie Doktor Alberta Siemsen an«, forderte Ruth und schob sich mit dem Rücken die Wand hinauf. »Die Hausärztin soll sich um Ihre Verletzung kümmern.«

Wieler fuchtelte mit einer Hand. »Nun machen Sie schon, dass Sie wegkommen, bevor diesem Irren in den Sinn kommt, womöglich andere Menschen aufs Korn zu nehmen!«

*

Ruth und Hagen verließen das Haus durch die Hintertür. Während Ruth sich nach links wandte, rannte Hagen nach rechts. Sie wollten den Schützen von zwei Seiten in die Zange nehmen. Beide hielten sie ihre Dienstwaffe in den Händen, hatten die Köpfe eingezogen und spähten und lauschten angestrengt.

In geduckter Haltung huschte Ruth um die Hausecke. Sie hielt sich dicht an der Mauer, während sie die Längsseite des Gebäudes passierte. Ein paar Büsche gaben ihr zur Straße hin Sichtschutz. Flink überwand sie den Vorgarten und sah aus den Augenwinkeln Hagen, der auf der anderen Seite des Hauses gerade hervorkam.

Eine Frau schrie erschreckt auf, als Ruth mit der Waffe in der Hand über die niedrige Hecke sprang. »Runter!«, rief sie der Passantin zu und rannte dann im Zickzack über die Straße zum Parkplatz hinüber.

Im nächsten Moment erreichte Hagen die völlig verängstigte Frau. Schützend stellte er sich vor sie und zielte mit der Dienstwaffe auf die parkenden Fahrzeuge, um sofort reagieren zu können, sollte sich für Ruth eine gefährliche Situation abzeichnen. Dabei ließ er auch die Fenster der gegenüberliegenden Häuser nicht aus den Augen.

Wie sie es bei der Hamburger Kripo oft praktiziert hatte, bewegte sich Ruth mit vorgehaltener Waffe blitzschnell zwischen den Autos hin und her, lugte dabei in jedes Fahrzeug und in jeden verbliebenen Freiraum hinein. Als sie den gesamten Parkplatz abgesucht hatte, ohne dabei eine verdächtige Person aufzuspüren, entspannte sie sich ein wenig. Aufmerksam blickte sie um sich und stellte fest, dass es bis auf diesen Parkplatz für einen Schützen weit und breit kaum eine Deckungsmöglichkeit gab.

Plötzlich nahm sie am Boden einen Schimmer wahr. Ein verirrter Sonnenstrahl brach sich auf einem kleinen Gegenstand vor dem Hinterrad des Renault, neben dem sie stand. Sie ging in die Hocke. Bei dem schimmernden Ding, das aus dem Schatten des Rades hervorleuchtete, handelte es sich um eine Patronenhülse, wie sie nun feststellte.

Ruth streifte einen Einmalhandschuh über und hob die Hülse auf. Dabei besah sie sich den Boden genauer. Der Parkplatz war gepflastert und die robuste Oberfläche kein dankbarer

Untergrund, wenn man auf Spuren hoffte. Auch das Auto, hinter dem der Scharfschütze gekauert haben musste, wies keine verräterischen Hinweise auf.

Noch einmal sah Ruth sich aufmerksam um und erhob sich. »Er ist fort, wie es aussieht!«, rief sie Hagen über die Straße hinweg zu und deutete auf die Hülse in ihrer Hand.

Hagen entspannte sich und steckte die Dienstpistole in das Halfter. Er sprach zu der Frau noch ein paar beruhigende Worte und eilte dann auf seine Chefin zu.

Ruth gab ihm das Tütchen, in das sie die Hülse inzwischen getan hatte. »Das hier hat er für uns hinterlassen. Wahrscheinlich hatte er es plötzlich eilig zu verschwinden und ließ die Hülse zurück, weil er sie nicht schnell genug finden konnte.«

Unbehaglich sah sich der junge Kommissar um. »Es rennt jetzt also eine Person mit einem Gewehr durch Greetsiel«, stellte er unfroh fest.

»Bestimmt trägt er das Gewehr verdeckt oder hat es in einem Futteral verborgen«, erwiderte Ruth. »So dumm ist er sicherlich nicht, dass er die Waffe offen mit sich herumträgt.«

Hagen sah zu dem Ferienhaus hinüber. »Vielleicht hat ihn jemand gesehen, als er hier kauerte und Wieler aufs Korn nahm.«

»Finden Sie es heraus«, sagte Ruth. »Ich gehe rüber zu Herrn Wieler und sehe dort nach dem Rechten.«

*

Ruth betrat das Haus des Pensionärs durch die Hintertür. Sie fand Peer Wieler im Wohnzimmer. Er stand vor einem der Bücherregale und fuhr mit der Hand prüfend über die ledernen Buchrücken. Dass er ungeachtet der Gefahr, die für ihn bestand, in diesen Raum zurückgekehrt war, fand Ruth äußerst leichtsinnig und sagte es dem Mann auch unverblümt.

»Der Bursche ist bestimmt längst getürmt«, erwiderte Wieler gelassen. »Diese ganze Aktion war für ihn höchst riskant. Er wird keine Sekunde länger als unbedingt nötig vor Ort geblieben sein.«

Wieler drehte sich dem Fenster zu, bewegte die Hand seines gesunden Arms, als würde er in der Luft eine imaginäre Linie nachzeichnen, und wandte sich dann einem anderen Abschnitt des Regals zu, wobei er die Bücher genauer in Augenschein nahm, auf die die unsichtbare Linie zugeführt hatte. »Ah – da ist es ja!«, rief er erfreut. Er zog mit Mühe ein Buch heraus. Die Werke standen dicht aneinander gequetscht in einer Reihe, daher war es nicht ganz einfach, ein einzelnes Buch daraus hervorzuholen. Es handelte sich um einen dicken Wälzer, und Wieler hielt ihn Ruth mit den Worten »Bitte schön, ein Beweisstück« hin.

Ruth nahm das Werk leicht verwundert zur Hand; es beinhaltete den Reisebericht eines Meeresbiologen, der die Arktis untersucht hatte, wie der beredete Titel verriet, und wies im Rücken ein Einschussloch auf. Die Kugel war im Innern der Schwarte stecken geblieben, nachdem sie einen verheerenden Tunnel quer durch die Seiten gewühlt hatte.

»Es ist eine Erstausgabe«, sagte Wieler ärgerlich und verzog dabei das Gesicht, als würde ihn die Zerstörung, die das Projektil in dem Buch angerichtet hatte, mehr schmerzen als der Streifschuss, den er sich durch dieselbe Kugel eingefangen hatte.

Ruth pulte das Projektil aus dem Papierwust und ließ es in eine weitere Beweismitteltüte gleiten. Dann legte sie das Buch auf einen Beistelltisch. »Haben Sie die Greetsieler Hausärztin angerufen?«, fragte sie den Pensionär.

Wieler deutete lax zum Fenster hinüber. »Sie ist gerade im Anmarsch.«

Eine korpulente Frau, die ihre ausladenden Formen unter einem weiten, leichten Mantel zu verbergen versuchte, marschierte, einen Arztkoffer unter den Arm geklemmt, mit resoluten Schritten auf Wielers Haus zu. Ihr braunes Haar wippte beim Gehen auf und nieder. Rasch war sie aus dem Sichtfeld verschwunden, woraufhin kurz darauf die Türklingel auf schrillte.

»Ich gehe«, beschied Ruth. »Und Sie setzen sich gefälligst hin. Sie sind ganz blass um die Nase herum.«

Während Wieler auf das Sofa zu schlurfte, eilte Ruth zur Tür und machte der Hausärztin auf. Alberta Siemsens graublaue Augen hellten sich beim Anblick der Hauptkommissarin merklich auf. »Sagen Sie nicht, dass ich mitten in einen Kriminalfall hineingeraten bin!«, rief sie mit kaum verhohlener Begeisterung in der Stimme.

»Es hat ganz den Anschein«, gab Ruth reserviert zurück. Alberta Siemsen liebte Kriminalromane über alles, und jedes Mal, wenn sich ihr Weg beruflich mit dem von Ruth Fasan kreuzte, geriet sie ganz aus dem Häuschen, weil dieses Zusammentreffen bedeuten konnte, dass sie mit einem wahren Kriminalfall in Berührung kam und womöglich sogar Teil davon wurde.

Dr. Siemsen schob sich an Ruth vorbei in den Hausflur, denn trotz ihrer Krimibegeisterung vergaß sie nie ihre Pflichten als Ärztin. »Unser armer Hauptkommissar außer Dienst ist also beinahe Opfer eines Anschlags geworden?«, fragte sie besorgt.

Ruth deutete den Flur hinunter. »Sie finden ihn im Wohnzimmer. Er scheint erst jetzt zu realisieren, dass er dem Tod nur knapp entronnen ist.«

Dr. Siemsen umfasste den Arztkoffer fester und marschierte los. Ruth wollte ihr folgen, doch in diesem Moment kam Hagen durch die Hintertür herein. Sein zerknirschtes Gesicht ließ vermuten, dass seine Befragung drüben beim Ferienhaus nicht den erwünschten Erfolg erbracht hatte.

»Die meisten Gäste sind gerade in Greetsiel unterwegs, und die, die zugegen waren, haben nichts von dem mitbekommen, was sich auf dem Parkplatz zugetragen hat«, berichtete er. »Eine Überwachungskamera für diesen Bereich gibt es bedauerlicherweise auch nicht.« Resigniert zuckte er mit den Schultern. »Vorerst steht uns leider niemand zur Verfügung, der uns sagen könnte, wie der Schütze ausgesehen haben könnte.«

Ruth atmete tief durch. »Das ist bedauerlich, lässt sich vorerst aber nicht ändern.« Sie bedeutete ihrem Partner, ihr ins Wohnzimmer zu folgen.

Wieler lag jetzt lang ausgestreckt auf dem Sofa und Dr. Siemsen, die einen Relax-Hocker herbeigeholt hatte, saß neben ihm. Der verletzte Oberarm des Pensionärs war entblößt, und Dr. Siemsen legte soeben einen Verband an.

»Der Patient braucht jetzt dringend Ruhe«, sagte sie über ihre Schulter hinweg.

»Es ist bloß ein Streifschuss«, protestierte Wieler mit schwacher Stimme.

»Sie stehen unter Schock«, erklärte Dr. Siemsen daraufhin geduldig, wenn auch nicht ohne eine gewisse Strenge in der Stimme. »Ihr Kreislauf ist instabil und Sie haben Herzrasen. Diese Kugel hat nicht nur Ihren Arm verwundet, sondern Ihnen auch mental zugesetzt.«

Wieler gab ein mürrisches Brummen von sich. »Wenn Sie das sagen.«

Dr. Siemsen befestigte den Verband und drehte sich dann den Kriminalisten zu. »So leid es mir auch tut, muss ich Sie bitten, zu gehen«, sagte sie. »Sie können sich mit Herrn Wieler unterhalten, wenn er wieder bei Kräften ist.«

»In Ordnung.« Ruth wollte sich abwenden, aber Wieler hob den Kopf und spähte angestrengt zu den Ermittlern herüber.

»Danke«, sagte er gepresst und fasste Hagen dabei ins Auge. »Sie haben mir das Leben gerettet, junger Mann. Anscheinend haben Sie doch mehr auf dem Kasten, als Ihnen auf dem ersten Blick anzusehen ist.«

Hagen lächelte säuerlich. »Keine Ursache, gern geschehen.«

Ruth konnte sich ein Grinsen nicht verkneifen. Dann packte sie Hagen am Arm und zog ihn mit sich aus dem Zimmer. »Beeilen wir uns«, drängte sie.

Hagen folgte seiner Chefin. »Um was zu tun?«, fragte er.

»Wir kennen nur einen Mann, von dem wir wissen, dass er Scharfschütze ist und mit unserem aktuellen Fall zu tun hat«, erwiderte Ruth.

»Frodo August!«, rief Hagen in plötzlicher Erkenntnis.

»Und den werden wir jetzt erneut aufsuchen«, erklärte Ruth. »Wenn wir uns beeilen und er tatsächlich auf Herrn Wieler geschossen hat, ist ihm das möglicherweise noch irgendwie anzumerken.«

Hagen eilte voraus und riss die Haustür auf. Die letzten Meter zu ihrem zivilen Einsatzwagen legten die beiden Kriminalisten im Laufschritt zurück.

Kapitel 4

Erneut schallte Ruth und Hagen das Lärmen eines Rasenmähers entgegen, während sie sich mit dem Wagen Frodo Augusts Haus näherten. Das Röhren schwoll zu einer unangenehmen Lautstärke an, als sie die Wagentüren öffneten und ausstiegen. Von dem pensionierten Fischer und seinem lärmenden Gartengerät war jedoch nichts zu sehen.

»Wahrscheinlich treibt er sich hinter dem Haus herum«, mutmaßte Hagen.

»Sehen wir nach.« Ruth marschierte los und Hagen folgte ihr dichtauf. Forschen Schrittes umrundeten sie das Gebäude, und da sahen sie ihn auch schon: Frodo August schob, als könnte ihn kein Wässerchen trüben, seelenruhig den Rasenmäher vor sich her.

Der rückwärtige Teil des Grundstücks maß mindestens hundert Quadratmeter und war vollständig mit Rasen bewachsen. Die Gräser, die gerade niedergemäht wurden, waren etwa fingerlang und nach Ruths Dafürhalten, die ihren Garten aus ästhetischen Gründen gerne ein bisschen verwildern ließ, wäre es gar nicht nötig gewesen, sie zu kürzen. Aber Frodo August bevorzugte offenbar raspelkurzen Rasen, was seine Nachbarn angesichts des lauten Mähers ziemlich nerven musste.

Der pensionierte Fischer war so sehr in seine Arbeit vertieft, dass er die Kriminalisten erst bemerkte, als sie nur noch wenige Schritte entfernt waren. Befremdet blieb er stehen, war diesmal aber immerhin so zuvorkommend, den Motor abzuschalten.

»Was wollen Sie denn jetzt schon wieder?«, fragte er unleidig.

Ruth gab Hagen mit einer Geste zu verstehen, ihr das Reden zu überlassen. »Sie haben uns nicht die Wahrheit gesagt, als Sie behaupteten, mit Tido Looke nicht befreundet gewesen zu sein«, sagte sie.

Frodo schnaufte verächtlich. »Und wenn schon! Vielleicht waren wir einmal Freunde gewesen und dann nicht mehr. Was spielt das für eine Rolle?«

»Wie wir hörten, waren Sie auch mit Heiner Harm befreundet«, fuhr Ruth fort. »Sie drei haben gemeinsam ihren Wehrdienst in derselben Einheit geleistet und sich dort als Scharfschützen ausbilden lassen.«

Frodo zog sich den Schlapphut vom Kopf und wischte mit dem Ärmel über seine Stirn. »Worauf wollen Sie hinaus?«, fragte er lauernd.

»Sind Sie im Besitz einer Schusswaffe?«, fragte Ruth.

Frodo furchte die Stirn. »Ja, durchaus«, antwortete er zögernd. »Ich habe einen Waffenschein und das Gewehr ist registriert, es ist also alles in bester Ordnung.«

»Wir möchten Ihre Waffe sehen.«

Frodo wollte etwas erwidern, aber Hagen ließ ihn nicht zu Wort kommen. »Wir sind befugt zu kontrollieren, ob Sie Ihre Schusswaffen ordnungsgemäß verwahren.«

»Muss das denn jetzt sofort sein?« Frodo deutete um sich. »Ich bin gerade beschäftigt, wie Sie sehen können.«

»Diese Angelegenheit duldet keinen Aufschub«, beharrte Ruth.

In diesem Moment erschien eine Frau am Zaun zum Nachbargrundstück. Sie hatte sich mit ihrem korpulenten Leib durch die brusthohe Buchenhecke gequetscht und zupfte jetzt ihre Strickjacke zurecht, die ihr von den Schultern gerutscht war. »Hat sich die Polizei endlich erbarmt, diesem Höllenlärm einen Riegel vorzuschieben?«, rief sie mit hämischer Stimme herüber. »Das wurde langsam auch mal Zeit!« Offenbar wusste sie, von wem ihr Nachbar gerade Besuch erhalten hatte.

»Verschwinde, Ilma!«, blaffte Frodo unhöflich. »Das hier geht dich nichts an!«

»Und ob es mich was angeht! Schließlich muss ich ständig diesen Lärm ertragen, mit dem du deine Nachbarn traktierst!«

Hagen ging einen Schritt auf die Frau zu. »Wie lange mäht Herr August heute denn schon den Rasen?«, erkundigte er sich.

Ilma verschränkte die Arme vor ihrem ausladenden Busen. »Seit heute früh um sieben, stellen Sie sich das mal vor! Seitdem geht es fast ununterbrochen so weiter.« Sie lächelte säuerlich. »Abgesehen von der kleinen Pause, die Sie mir beschert haben, als Sie vorhin schon einmal hier gewesen sind.« Sie deutete mit einer Kopfbewegung hinter sich. »Ich habe das zufällig von der

Küche aus beobachtet und mich gefreut, dass Frodo endlich mal Ärger kriegt.«

Hagen nickte verstehend. »Herr August mäht also schon den ganzen Tag lang seinen Rasen?«

Ilma nickte. »Was eine bodenlose Frechheit ist!«

»Können Sie das denn auch bezeugen? Ich meine: Haben sie ihn bei der Arbeit im Garten gesehen?«

Ilma schaute den jungen Kommissar entrüstet an. »Glauben Sie etwa, ich würde übertreiben? Meinen Ohren kann ich noch trauen – und die werden den ganzen Tag über von Frodo und seinem ollen Rasenmäher gequält. Das werden Ihnen die anderen Nachbarn sicherlich bestätigen.«

»Haben Sie Ihren Nachbarn beim Rasenmähen denn auch gesehen?«, wiederholte Hagen.

Während Ilma überlegend den Kopf wiegte, trat Ruth neben ihren Partner und raunte ihm zu: »Was bezwecken Sie mit diesen Fragen?«

»Sehen Sie sich einmal genau um«, gab Hagen mit gedämpfter Stimme zurück. »Wenn Herr August tatsächlich schon so viele Stunden mit Rasenmähen beschäftigt wäre, müsste er längst bis zum Ende des Grundstücks vorgedrungen sein, selbst dann, wenn er sich nur langsam bewegt hätte.«

Ruth ahnte, worauf ihr Partner hinauswollte.

»Lassen Sie mich nur machen«, zischte Hagen. »Passen Sie inzwischen auf, dass Frodo August nicht türmt.«

Während Ruth sich dem pensionierten Fischer zuwandte, führte Hagen das Gespräch mit der Nachbarin fort. »Was war zum Beispiel vor etwa einer halben Stunde; haben Sie Herrn August da rasenmähen gesehen?«

Ilma rieb sich überlegend das Kinn. »Jetzt, wo Sie es sagen.« Sie schüttelte den Kopf. »Ne, habe ich nicht. Ich stand in der Küche und habe Heringe eingelegt, und als ich rüber schaute, habe ich Frodo nirgends entdecken können. Gehört habe ich ihn aber sehr wohl.«

»Da habe ich auf der anderen Seite des Hauses gemäht!«, rief Frodo dazwischen.

»Es gibt dort nur einen schmalen Rasenstreifen«, erwiderte Ilma. »Als ich Minuten später noch einmal aus dem Küchenfenster schaute, war von dir immer noch nichts zu sehen. Erst vor ein paar Minuten bist du dann wieder aufgetaucht.«

Frodo fuchtelte ungehalten mit den Armen. »Was soll dieser Zirkus?«, regte er sich auf.

»Ihr Rasenmäher«, richtete Hagen das Wort jetzt an den pensionierten Krabbenfischer, »der hat keinen Sicherheitsbügel, ist mir aufgefallen. Der Motor läuft also auch weiter, wenn Sie den Griff loslassen und sich entfernen, nicht wahr?«

»Und wenn schon!«

Jetzt war sich Ruth sicher, was Hagen mit seinen Fragen herausfinden wollte. Frodo August hätte mit dem Krach seines Rasenmähers vortäuschen können, dass er im Garten arbeitet. In Wahrheit hätte er aber auch woanders gewesen sein können, während sein Gartengerät verlassen vor sich hin lärmte. »Danke für Ihre Hilfe«, rief Ruth Ilma zu, um die Angelegenheit zu einem Ende zu bringen.

»Werden Sie Frodo seine Höllenmaschine denn jetzt wegnehmen?«, fragte die Nachbarin hoffnungsfroh.

»Unsere Streifenpolizistin wird das prüfen«, versprach Hagen. »Wir haben jetzt anderes zu tun.«

Ilma horchte auf. »So? Sind Sie denn gar nicht wegen des ollen Rasenmähers hier?«

Ruth fasste Frodo am Arm. »Sie zeigen uns jetzt Ihren Waffenschrank, verstanden?«, forderte sie leise, damit Ilma sie nicht hören konnte.

Frodo machte sich unwirsch von ihr los, fügte sich dann aber und führte die Kriminalisten auf sein Haus zu. Ilma reckte neugierig den Hals, während sie ihnen hinterher sah.

*

Frodo Augusts Waffenschrank stand in einer gut ausgeleuchteten Ecke des Kellers. Die Kombination des Zahlenschlosses war dem alten Mann offenkundig geläufig, denn er brauchte nicht lange zu überlegen, als er sich an der gepanzerten Tür zu schaffen machte.

In dem Schrank befand sich nur eine Waffe: ein Gewehr mit aufgepflanztem Zielfernrohr. In einer Schachtel in einem Fach lag neben einem Karton voller Munition auch ein Mini- Infrarot-Laser.

Hagen streifte sich Einmalhandschuhe über, was der pensionierte Fischer mit nervösem Blinzeln zur Kenntnis nahm.

»Wann haben Sie dieses Gewehr zuletzt benutzt?«, erkundigte sich Ruth unverfänglich.

Frodo zuckte aufgebracht mit den Schultern. »Das ist schon eine ganze Weile her. Da war ich noch im Schützenverein aktiv. Dort habe ich mich vor etlichen Jahren das letzte Mal blicken lassen. Seitdem habe ich diese Waffe nicht mehr angerührt.«

»Sind Sie sich sicher.« Hagen zog die behandschuhte Hand aus einem Fach des Waffenschranks. Eine dunkle Spinne, deren Hinterleib mit einem falben Saum umgeben war, hockte auf seinem Zeigefinger. »Das ist eine Jagdspinne«, erläuterte er, während er die Hand drehte, damit die flink krabbelnde Arachnide für alle gut zu sehen war. »In Fachkreisen wird sie Dolomedes fimbriatus genannt, und im Volksmund Gerandete Jagdspinne. Sie wäre in Ihrem Waffenschrank längst verhungert und vertrocknet, wenn sie tatsächlich jahrelang darin eingesperrt gewesen wäre.«

Frodo hob eine Schulter. »Vielleicht habe ich den Schrank hin und wieder mal geöffnet, um das Gewehr zu betrachten oder zu reinigen«, räumte er ein.

»So wie vorhin etwa, als Sie den Anschein erwecken wollten, draußen den Rasen zu mähen?«, fragte Hagen unverfänglich.

»Was? Nein!« Frodo sah den Kommissar entgeistert an.

Ruth löste die Handschellen von ihrem Gürtel. »Frodo August, wir nehmen Sie vorläufig in Gewahrsam«, verkündete sie.

Der Angesprochene taumelte zurück. »Warum das denn?«

»Weil wir klären müssen, ob Sie vor einer knappen halben Stunde auf den pensionierten Hauptkommissar Peer Wieler geschossen haben.«

»Das habe ich nicht!«, rief Frodo aufgewühlt. »Wie kommen Sie darauf?«

Ruth klärte den Mann über seine Rechte auf, drehte ihm die Arme auf den Rücken und ließ die Handschellen zuschnappen.

»Ich habe nichts Unrechtes getan!«, jammerte Frodo.

»Einige Unstimmigkeiten lassen durchaus die Vermutung zu, dass Sie sehr wohl Unrechtes getan haben«, erwiderte Ruth gelassen.

»Das mit dem Rasenmäher tut mir leid«, beeilte sich Frodo jetzt zu erklären. Dessen ungeachtet führte Ruth ihn auf die Kellertreppe zu. »Ich lasse den Rasenmäher manchmal tatsächlich absichtlich laufen und gehe ins Haus, um einen Tee zu trinken«, gestand er. »Vorhin habe ich es auch getan. Ich weiß, dass der Lärm Ilma auf die Palme bringt. Damit räche ich mich für alle die Unannehmlichkeiten, die sie mir …«

»Das können Sie uns alles in Ruhe auf der Polizeiwache erklären.« Ruth schob den Mann die Stufen hinauf. Hagen, der den Waffenschrank leer geräumt hatte, trug das Gewehr und die Schachteln hinter den beiden her nach draußen.

Ilma hatte ihren Posten beim Gartenzaun noch nicht geräumt. Die Heringe in ihrer Küche waren ihr offenkundig nicht so wichtig, wie das zu beobachten, was sich bei ihrem Nachbarn gerade zutrug. Ungläubig riss sie die Augen auf, als sie sah, dass Frodo von der Hauptkommissarin in Handschellen abgeführt wurde und der junge Kommissar mit einem Gewehr und irgendwelchen Schachteln in den Händen hinter ihnen her trottete.

»Was hast du verbrochen, Frodo?«, rief sie bestürzt. Sie schlug die Hände vors Gesicht. »Jahrelang habe ich neben einem Verbrecher gewohnt! Ich hätte es wissen müssen!«

»Das ist eine reine Vorsichtsmaßnahme!«, rief Ruth der Frau zu. »Bitte bewahren Sie Ruhe!« Sie ahnte, dass ihre Worte kaum verhindern konnten, dass dieser Vorfall in Greetsiel schnell die Runde machte. Sie wünschte, sie hätte diese Maßregel weit weniger aufsehenerregend über die Bühne ziehen können. Aber die Umstände ließen ihr keine Wahl, denn es wäre unverantwortlich gewesen, einen Mann, der möglicherweise mit einem Scharfschützengewehr herumgelaufen war und auf Menschen geschossen hatte, länger in Freiheit zu lassen.

Sie drückte Frodos Kopf nieder, damit er sich nicht stieß, während er sich auf die Rückbank des BMW setzte. Hagen

verstaute derweil die sichergestellten Gegenstände im Koffer-
raum und nahm dann hinter dem Lenkrad Platz.

»Hoffen wir, dass wir den Richtigen gefasst haben«, raunte Ruth
ihrem Partner zu. »Denn andernfalls läuft in Greetsiel nach wie
vor jemand herum, der sich nicht scheut, auf Menschen zu
schießen.«

*

In der Polizeiwache angekommen, sperrte Ruth Frodo August erst
einmal in die Arrestzelle. Bevor sie ihn verhörte, wollte sie ihr
Vorgehen von Staatsanwalt Lindau absegnen lassen.

Aber ehe sie sich in ihr gemeinsames Büro begab, um das fällige
Telefonat zu führen, schickte sie Hagen mit dem zivilen
Einsatzwagen los. Das sichergestellte Gewehr und die Patronen
mussten im kriminaltechnischen Labor in Emden so schnell wie
möglich mit der Hülse abgeglichen werden, die Ruth auf dem
Parkplatz gegenüber von Peer Wielers Haus gefunden hatte.
Außerdem galt es herauszufinden, ob mit Frodo Augusts Waffe
womöglich auch der tödliche Schuss auf Tido Looke abgefeuert
worden war.

Alice Bergmann, die sonst keine Gelegenheit ausließ, einen
lockeren Spruch anzubringen, hielt sich auffällig zurück. Das
geschäftige Treiben der Hauptkommissarin verriet ihr, dass die
Lage ernst und jeder flapsige Kommentar unangebracht war.

Hagen scherte mit dem BMW gerade vom Parkplatz der Wache,
als Ruth sich an ihren Schreibtisch setzte. Sie wählte die Nummer
des Staatsanwaltsbüros in Emden, und kaum hatte es am anderen
Ende der Verbindung geläutet, meldete sich Carla Oberlander, die
Sekretärin des Staatsanwalts, auch schon. Ruth musste sich nicht
lange mit Erklärungen aufhalten, Carla stellte sie sogleich zu
ihrem Chef durch.

Henning Lindau hörte sich in Ruhe an, was Ruth ihm mitzuteilen
hatte. Die Sache gefiel ihm nicht, wie seine launische Bemerkung
am Schluss des Berichts erahnen ließ. Aber Ruth hatte auch nichts
anderes erwartet.

»Wie sicher sind Sie sich, dass Herr Frodo August der gesuchte Schütze ist?«, wollte er dann wissen.

»Ob er es ist, wird die kriminaltechnische Untersuchung seines Gewehres zeigen«, erwiderte Ruth, die sich nicht festnageln lassen wollte.

»Es geht nicht an, dass wir in diesem Punkt eine Unsicherheit zulassen«, sagte Lindau hörbar angespannt. »Wenn Herr August nichts mit dieser Sache zu tun hat, könnten weitere Personen in Greetsiel in Gefahr sein, weil sich der wahre Täter noch auf freiem Fuß befindet. Wer weiß, wen dieser Unbekannte als Nächstes aufs Korn nehmen wird.«

Ruths sah keine Veranlassung, die Bedenken des Staatsanwaltes zu zerstreuen, denn sie konnte nicht mit Sicherheit ausschließen, ob diese nicht doch berechtigt waren. Es war jetzt Lindaus Aufgabe, gemeinsam mit Richter William zu entscheiden, ob Ruths Maßnahmen ausreichten oder weitere Schritte unternommen werden sollten.

»Ich denke, dass Tido Looke und Peer Wieler von dem Schützen nicht willkürlich als Opfer ausgewählt wurden«, teilte sie Lindau ihre sachliche Einschätzung mit. »Meines Erachtens gibt es einen Zusammenhang zwischen den beiden Vorfällen. Ich halte es für sehr unwahrscheinlich, dass in Greetsiel unabhängig voneinander in kurzen Abständen auf zwei Personen Schüsse aus einem Scharfschützengewehr abgefeuert wurden. Diese Fälle gehören zusammen.«

»Man hat allerdings schon Pferde vor einer Apotheke kotzen gesehen«, erinnerte Lindau Ruth daran, dass auch das Unmögliche möglich sein konnte.

»Wie dieser Zusammenhang aussehen könnte, ist mir momentan auch noch nicht ganz klar«, räumte Ruth ein. »Ich bin mir aber sicher, dass es einen gibt. Das schließt allerdings nicht aus, dass weitere Personen, die ebenfalls in diese mutmaßliche Angelegenheit verstrickt sind, in Gefahr schweben.«

»So lange keine Beweise für Ihre Annahme vorliegen, kann ich diesen Aspekt sowieso nicht in meine Entscheidungen mit einfließen lassen«, erklärte Lindau. »Erschwerend kommt hinzu, dass ein ehemaliger Polizist von dem Schützen verwundet wurde.

Sie wissen, dass dies die Brisanz dieser Angelegenheit erheblich erhöht.«

Ruth atmete tief durch. »Es wird Ihnen nichts anderes übrig bleiben, als das Landeskriminalamt von dieser Sache zu unterrichten«, sagte sie. »Wahrscheinlich ist es sogar angebracht, das Bundeskriminalamt einzuschalten. Wenn Frodo August nicht unser Mann ist, werde ich in Greetsiel sowieso Unterstützung brauchen.«

»Es würde Ihnen also keine Bauchschmerzen bereiten, wenn die Ermittlungen vom Bundeskriminalamt übernommen werden?«

»Ich habe so was in Hamburg oft erlebt und überwiegend gute Erfahrungen mit den Kollegen vom BKA gemacht«, sagte Ruth, die nicht zu den Kriminalisten zählte, die sich zurückgesetzt fühlten, wenn eine übergeordnete Polizeibehörde sich in einen Fall einschaltete.

»Ich werde das mit Richter Williams bereden«, sagte Lindau in geschäftsmäßigen Tonfall. »Sie hören von mir, sobald das LKA eine Entscheidung getroffen hat, das in dieser Angelegenheit als Bindeglied zum BKA fungiert.«

»Und ich lasse es Sie sofort wissen, wenn sich die Hinweise verdichten, dass Frodo August unser Scharfschütze ist.« Ruth verabschiedete sich und beendete das Telefonat. Einen Moment lang saß sie sinnierend da. Dann wählte sie die Rufnummer von Dr. Alberta Siemsen, um sich zu erkundigen, wie es um Peer Wieler stand und in welches Krankenhaus sie ihn überwiesen hatte.

»Herr Wieler hat sich geweigert, sich in ein Krankenhaus zu begeben«, bekam sie von der Hausärztin kurz darauf zu hören. »Er bestand darauf, zu Hause zu bleiben.« Die Stimme des Pensionärs nachahmend fuhr sie fort: »Ich lass mich doch nicht von einem simplen Streifschuss aus der Bahn werfen, wo denken Sie hin!«

Ruth fuhr sich mit der Hand übers Gesicht und seufzte. »Verdammt«, entschlüpfte es ihr ungewollt.

Sofort wurde Dr. Siemsen hellhörig. »Besteht für ihn denn etwa noch Gefahr?«

»Das wäre durchaus möglich.« Ruth hatte es jetzt eilig, das Gespräch zu beenden. Nachdem sie aufgelegt hatte, rief sie Peer Wieler an.

»Ist Ihnen gar nicht in den Sinn gekommen, wie verantwortungslos es ist, in ihrem Haus zu beleiben?«, fragte sie den Mann streng, nachdem er sich mit Namen und ehemaligen Dienstgrad gemeldet hatte.

»Mir ist zu Ohren gekommen, dass Sie bereits einen Verdächtigen gefasst haben«, erwiderte Wieler gleichmütig.

»Wie der Name verrät, ist es nur ein Verdächtiger«, gab Ruth aufgebracht zurück.

Am anderen Ende der Verbindung blieb es still.

»Ich schicke Alice mit dem Streifenwagen zu Ihnen«, bestimmte Ruth. »Sie wird Sie abholen und in die Polizeiwache bringen. Und ich dulde diesbezüglich keine Widerrede!«

»Wenn Sie glauben, dass ich bei Ihnen sicherer bin als in meinem eigenen Haus, werde ich mich fügen.« Wieler klang leicht verunsichert, was Ruth erleichterte, denn jetzt würde er sich in seinen Räumen vielleicht ein wenig vorsichtiger bewegen und den Fenstern fernbleiben.

»Bis gleich«, sagte sie und legte auf. Sie erhob sich und ging zu Alice in den Eingangsbereich. Die Streifenpolizistin setzte sofort die Mütze auf, als sie erfuhr, was Ruth von ihr wollte. »Dieser Sturkopf wird Nullkommanix hier auf der Matte stehen«, verkündete Alice und eilte los.

Ruth sammelte sich einen Moment, dann machte sie sich auf den Weg zur Arrestzelle, um Frodo August in die Mangel zu nehmen.

*

Frodo August blieb bei seiner Behauptung, den Rasenmäher am Nachmittag unbeaufsichtigt mit laufendem Motor in seinem Garten stehengelassen zu haben, um in der Küche eine Teezeremonie abzuhalten. Früh morgens hatte er bei eingeschaltetem Rasenmäher bereits ausgiebig gefrühstückt, gestand er. Zeugen gab es für seine Behauptungen allerdings nicht, sodass er für die Tatzeiten kein stichfestes Alibi vorweisen konnte. Er hätte die Schüsse auf Tido Looke und Peer Wieler theoretisch also abfeuern können.

Ruth wandte während des Verhörs etliche Kniffe an, um den pensionierten Fischer in Widersprüche zu verstricken. Aber der ließ sich nicht beirren und war sich seiner Sache sogar so sicher, dass er nicht einmal darauf bestand, einen Rechtsanwalt hinzuzuziehen.

Ruth fühlte sich ziemlich frustriert, als sie Frodo August schließlich aus dem Verhörraum führte und in die Arrestzelle zurückbrachte. Sie hatte keine Bedenken, das Präventiv-gewahrsam in diesem Fall nötigenfalls auf die Höchstgrenze von zwei Tagen auszuweiten, wollte aber dafür sorgen, dass es Frodo August während dieser Zeit an nichts fehlte.

Da sie in der Wache nun einen Zelleninsassen hatten, musste über Nacht eine Person zur Überwachung anwesend sein. Alice, die von ihrer Mission inzwischen zurückgekehrt war, erklärte sich ohne Zögern bereit, diese Aufgabe zu übernehmen. Im Dachgeschoss des kleinen Friesenhauses stand für solche Fälle ein Bereitschaftszimmer zur Verfügung, in dem es sogar recht gemütlich war.

»Herrn Wieler habe ich in unsere Teeküche verfrachtet«, berichtete Alice dann. »Dort gibt es kein Fenster, er sollte also sicher sein.«

Ruth nickte Alice dankend zu. Im selben Moment wurde die Eingangstür geöffnet und Hagen trat ein. Wie es schien, hatte er mit dem BMW mal wieder die Geschwindigkeitsbegrenzungen optimal ausgereizt und seine Aufgabe so in denkbar kurzer Zeit erledigen können.

»Die Kollegen der forensischen Abteilung haben versprochen, sich mit den Untersuchungen zu beeilen«, berichtete er übergangslos. »Morgen früh sollten wir die ersten Ergebnisse vorliegen haben.«

Ruth nahm diese Ankündigung nickend zur Kenntnis. Dass Henning Lindau die Kollegen anhalten würde, eine Nachtschicht einzulegen, um so schnell wie möglich Klarheit über Frodo Augusts eventuelle Täterschaft zu erlangen, hatte sie nicht anders erwartet. Sie berichtete ihrem Partner ausführlich von dem

Telefonat mit dem Staatsanwalt und erklärte, was nun auf sie zukam.

»Wir erhalten also bald Besuch von einem BKA-Beamten«, sagte Hagen in aufgeräumter Stimmung. »Das ist aufregend. Es wäre für mich das erste Mal, dass ich mit einem Kollegen aus dieser Behörde zusammenarbeiten darf.«

Ruth erstaunte es, dass Hagen, der manchmal ein wenig heißblütig daherkam, kein Kompetenzgerangel mit dem ihnen übergeordneten Beamten befürchtete und sich auf diese Kooperation sogar freute.

»Da ist noch was«, leitete Ruth ihr nächstes Anliegen ein. »Hauptkommissar a. D. Peer Wieler.«

Hagen furchte die Stirn. »Was soll mit dem sein?«

Ruth berichtete ihrem Partner daraufhin von Frodo Augusts Verhör. »Ich kann nicht einschätzen, ob er uns belügt oder nicht«, schloss sie. »Da er kein Geständnis abgelegt hat, wäre es unverantwortlich, weiterhin uneingeschränkt von seiner Schuld auszugehen.«

»Okay«, sagte Hagen gedehnt, der noch nicht zu ahnen schien, worauf seine Chefin überhaupt hinauswollte.

»Es wäre also denkbar, dass der Schütze noch frei herumläuft«, fuhr Ruth fort. »Und wir können nicht ausschließen, dass er weiß, dass Peer Wieler noch am Leben ist, er also nicht erreicht hat, was er erreichen wollte.«

Hagen riss erschreckt die Augen auf. »Der Schütze könnte Herrn Wieler erneut aufs Korn nehmen!«

»Darum halte ich es für zwingend nötig, ihn zu bewachen.«

Hagen legte eine Hand auf seine Brust und sah Ruth entgeistert an. »Ich soll das übernehmen?«, dämmerte es ihm.

»Das wäre doch eine gute Gelegenheit, Ihre Beziehung zu dem pensionierten Hauptkommissar zu verbessern«, sagte Ruth. »Dass Sie ihm das Leben gerettet haben, war schon mal ein guter Anfang. Darauf sollten Sie unbedingt aufbauen.«

Hagen massierte sich den Nacken und stieß hörbar Luft aus. »Das ist eine harte Herausforderung.«

Ruth lächelte aufmunternd. »Der Sie sich unbedingt stellen sollten.«

Hagen seufzte. »Also gut«, lenkte er ein. »Ich werde es machen. In welchem Krankenhaus hält er sich denn auf?«

»In gar keinem«, antwortete Ruth.

»Es sei denn, Sie würden unsere Teeküche als Hospital bezeichnen«, warf Alice spitzbübisch ein, die, hinter dem Empfangstresen stehend, die Unterhaltung der Kommissare aufmerksam verfolgt hatte.

Hagen sah die Frauen fassungslos an. »Ist der nicht bei Sinnen?«, stieß er entgeistert aus.

»Am besten fragen Sie ihn das selbst.« Ruth lächelte entwaffnend. »Immerhin haben Sie die ganze Nacht Zeit, sich mit ihm zu unterhalten.«

»Und wo soll ich mit Herrn Wieler hin?«, wollte Hagen wissen. »Ich kann ihn ja wohl schlecht zu meiner Freundin mitschleppen.«

»So, wie ich ihn kenne, wird er darauf bestehen, nach Hause zurückzukehren.« Ruth tätschelte Hagens Schulter aufmunternd. »Sie schaffen das. Sorgen Sie nur dafür, dass er den Fenstern fernbleibt und nicht vor die Tür geht. Und seien Sie wachsam. Wir können nicht absehen, was der Schütze, wenn er sich denn noch auf freiem Fuß befindet, alles tun wird, um an den ehemaligen Hauptkommissar heranzukommen.«

Hagen blies die Wangen auf, gab sich jedoch sichtlich Mühe, nicht überfordert zu erscheinen. »Ich werde das Kind schon schaukeln«, gab er sich zuversichtlich, zog sein Jackett glatt und machte sich auf den Weg in die Teeküche.

»Melden Sie sich per Handy, wenn Sie in Bedrängnis geraten!«, rief Ruth ihm nach. »Ich werde dann so schnell wie möglich zur Stelle sein. Felix ist mit dem Motorrad da – das kann ich mir notfalls schnappen.«

Hagen hob zum Zeichen, dass er verstanden hatte, kurz eine Hand, ehe er in dem Flur verschwand, der an der Arrestzelle und dem Verhörraum vorbei in die Teeküche führte.

Alice ging hinter dem Empfangstresen in die Hocke, und als sie wieder zum Vorschein kam, hielt sie Ruths antike Lampe in den Händen. Mit den Worten: »Grüßen Sie Felix von mir«, überreichte sie Ruth die Lampe.

Ruth lächelte. »Die nächste Nachtschicht übernehme ich«, stellte sie in Aussicht, um nicht den Anschein zu erwecken, sie würde sich aufgrund ihrer Position als Hauptkommissarin einen Vorteil verschaffen.

»Davon bin ich auch ausgegangen«, gab Alice freundlich zurück.

Kapitel 5

Dunkelheit hatte sich über die Krummhörn gebreitet. Nur eines der Fenster von Ruths strohgedecktem Deichhaus war beleuchtet und wies ihr den Weg, während sie mit ihrem kirschroten VW up! den Feldweg entlangfuhr. Das alte Friesenhaus mit dem Kapitänsgiebel befand sich außerhalb der Dorfgrenze und war nur wenige Meter vom Deich des Leyhörner Sieltiefs entfernt, das den Greetsieler Hafen mit dem Meer verband.

Ruth stoppte den Wagen neben Felix' Motorrad und stieg aus. Für einen Moment verharrte sie, genoss den kühlen frischen Wind und den stillen Anblick, den das flache weite Land bot. Es war Neumond und keine Wolke am Himmel. Das kristallene Leuchten der Sterne verzauberte die Umgebung mit verhaltenen Spiegelungen auf den Gräsern des Deiches und den Büschen ringsum. Die Dunkelheit wirkte wie magisch aufgeladen.

Ruth nahm die antike Positionslampe vom Beifahrersitz, und anstatt ins Haus zu gehen, erklomm sie den Deich. Sie wollte diese urtümliche, eigenwillige Landschaft, die sie gegen die Häuserklüfte der Großstadt eingetauscht hatte, noch eine Weile auf sich wirken lassen.

Das Leyhörner Sieltief verlief als teerschwarze Wasserstraße entlang des Damms, gesäumt von hohen Gräsern, Büschen und Weidensprösslingen, die in der Dunkelheit wie ein weicher Flaum anmuteten. Das Gewässer ruhte schwer und träge in seinem Bett und schien sich nicht zu rühren. Das Licht der Sterne fiel sanft auf die Landschaft herab und tanzte, wie gleichmäßig ausgestreut, verspielt auf dem gekräuselten Wasser. Der kühle Hauch, der Ruth übers Gesicht strich und in ihr lockiges Haar griff, trug den würzigen Geruch der Nordsee mit sich.

Einmal mehr verstand Ruth, warum dieses platte Land mit der unverstellten Sicht bis zum Horizont die Menschen so sehr faszinierte. Es gab hier kaum etwas, dass das Auge ablenkte. Die Weite zog an Ruths Innerem und machte, dass sie sich frei fühlte. Ihr Bewusstsein dehnte sich aus und war trotzdem auf sich selbst zurückgeworfen, denn außer ihr gab es weit und breit keinen anderen Menschen.

Aber in diesem Punkt irrte sie, wie die Hand bewies, die sich jetzt sachte auf ihre Schulter legte.

»Felix«, sagte Ruth über ihre Schulter blickend. Entspannt lehnte sie sich zurück in die Arme des Kapitäns der Wasserschutzpolizei. »Ich habe dich gar nicht herbeikommen gehört.«

»Weil der Wind in deinen Ohren gesungen hat.« Felix schlang die Arme um sie und zog sie fest an sich. Die sperrige Positionsleuchte, die Ruth in den Händen hielt, kam ihm dabei jedoch in die Quere.

»Hast du die Lampe dem Antiquitätenhändler gezeigt?«, fragte er und ließ die Arme sinken. »Oder hat dir der aktuelle Mordfall dabei einen Strich durch die Rechnung gemacht?«

Dass Felix über das Geschehen beim Netzflickerdenkmal informiert war, wunderte Ruth kein bisschen. Felix war mit der Emder Polizei gut vernetzt, denn er selbst war Teil dieses Polizeiapparates. »Ich bin ausnahmsweise mal dazu gekommen, eine private Angelegenheit zu erledigen, ehe mir die Polizeiarbeit dazwischenfunken konnte«, gab Ruth zurück. Sie hob die Lampe empor. »Abbe Larsen hat unsere Vermutung bestätigt. Bei diesem Dachbodenfund handelt es sich um eine waschechte Antiquität.«

»Dann werden wir unter dem ganzen Gerümpel auf deinem Dachboden bestimmt noch das eine oder andere wertvolle Stück finden.«

»Davon können wir wohl ausgehen.« Ruth drehte sich zu Felix um. »Herr Larsen hätte für die Positionsleuchte sogar Kaufinteressenten gehabt. Ich wollte sie dann aber doch lieber behalten.« Sie musste an Konrad Maizelmann denken, und ihr fiel ein, dass sie ihm versprochen hatte, die Duellpistolen in sein Haus zu bringen.

»Ich habe Salat gemacht und geräucherten Fisch besorgt«, riss Felix sie aus den Gedanken. »Bestimmt hast du wegen des Mordfalls noch nichts Richtiges gegessen.«

Ruth lächelte glücklich. »Ein gemütlicher, entspannender Abend mit meinem Lebensgefährten ist genau das, was ich jetzt brauche.«

In Felix' Augen schimmerte das Sternenlicht. »Das trifft sich gut. Genau danach steht mir nämlich auch der Sinn.« Er nahm

Ruth die Laterne ab, bot ihr einen Arm zum Unterhaken an und geleitete sie den Deich hinunter zum strohgedeckten Friesenhaus. Das kompakte Gebäude mit dem stolzen Kapitänsgiebel kam Ruth wie eine behagliche Herberge inmitten einer weiten, geheimnisvollen Einöde vor, in der die Einkehrenden zweifelsohne freundliche Aufnahme und Gelegenheit für ungestörte Zweisamkeit finden würden.

*

Am nächsten Morgen war Ruth früh auf den Beinen. Kurz suchte sie das Badezimmer auf und zog sich dann rasch etwas an. Anschließend griff sie zum Telefon, um bei ihren Kollegen in Emden anzurufen. Sie hatte das Glück, sogleich Max Engel, den Chef der Spurensicherung, an die Strippe zu bekommen.

»Ein bisschen werden Sie sich noch gedulden müssen, Frau Fasan«, sagte Engel in seiner nüchternen Art. »Es stehen noch ein paar abschließende Untersuchungen an, um jeden Zweifel über die von uns erhobenen Ergebnisse auszuräumen.«

Ruth furchte ungeduldig die Stirn. »Wie lange wird das dauern?«

»Eine Dreiviertelstunde mindestens«, erhielt sie zur Antwort.

Ruth seufzte, bedankte sich aber trotzdem für die Zeit, die die Kollegen für die Untersuchungen aufgeopfert hatten. Anschließend rief sie Hagen über sein Handy an. Er hatte nicht von dem Angebot Gebrauch gemacht, sie zu informieren, wenn er Unterstützung benötigte, was sie hoffen ließ, dass es in der Nacht keinen Zwischenfall gegeben hatte.

»Moin«, grüßte Hagen und unterdrückte ein Gähnen. »Ich bin total gerädert«, berichtete er dann übergangslos. Mit gedämpfter Stimme, als befürchtete er, belauscht zu werden, fuhr er fort: »Sie können sich gar nicht vorstellen, wie anstrengend dieser ehemalige Hauptkommissar ist. Personenschutz habe ich mir anders vorgestellt. Herr Wieler hat mir eher das Gefühl gegeben, dass ich derjenige bin, der beschützt werden muss. Er hat …«

»Sie müssen noch eine gute Dreiviertelstunde durchhalten«, unterbrach Ruth ihren Partner. »Dann erst erhalten wir den Abschlussbericht der Forensiker.«

Hagen seufzte schicksalsergeben. »Verstehe.«

»Ich informiere Sie, sobald ich Genaueres weiß.« Ruth legte auf und schob das Handy in ihre Jackentasche. Dabei geriet ihr die Visitenkarte von Konrad Maizelmann zwischen die Finger. Sie zog sie hervor und betrachtete sie nachdenklich. Felix lag noch im Bett und schlief seinen Endorphinrausch aus. Er erwartete sicherlich nicht, sie noch anzutreffen, wenn er aufwachte, denn schließlich arbeitete sie gerade an der Aufklärung eines Mordes. Sie konnte sich also ebenso gut auf den Weg machen, um ihr Versprechen einzulösen, das Konrad Maizelmann ihr abgerungen hatte, und ihm die antiken Duellpistolen bringen.

Ruth musste zugeben, dass dieser eigenwillige Sammler ihr Interesse geweckt hatte. Wie sie selbst, so hatte auch er dieses malerische Fischerdorf zu seiner neuen Heimat erkoren, und dies wäre eine gute Gelegenheit, sich das Gebäude einmal anzusehen, das er gekauft und eine ebenso ungewöhnliche Geschichte aufzuweisen hatte wie ihr Deichhaus.

Kurzentschlossen wählte sie die auf der Visitenkarte angegebene Telefonnummer.

Konrad Maizelmann meldete sich erst nach mehrmaligem Klingeln. Sein »Moin«, klang ausgesprochen höflich und distinguiert. Über ihren Anruf zeigte er sich hocherfreut, und noch mehr begeisterte es ihn, als er hörte, dass die Hauptkommissarin ihn zu besuchen gedachte – mit den antiken Duellpistolen in den Händen. »Sie erweisen mir damit eine große Ehre«, sagte er geschmeichelt. »Und ich hege die Hoffnung, Sie mit einer Führung durch mein bescheidenes Bürgerhaus entschädigen zu können.«

»Gerne«, erwiderte Ruth.

»Ich informiere Abbe, dass Sie gleich vorbeikommen und die Duellpistolen abholen werden«, sagte Konrad. »Wie ich ihn kenne, hält er sich bereits im Antiquariat auf, denn dort ist er am liebsten.«

»In Ordnung.« Ruth verabschiedete sich. Anschließend schrieb sie Felix eine Nachricht auf einen Notizzettel, drückte einen Lippenstiftkuss darauf und legte das Papier auf den Esstisch.

Wenig später stieg sie in ihren Wagen und machte sich auf den Weg zum Antiquariat.

*

Das Antiquariat war zu dieser frühen Stunde noch geschlossen, aber Abbe Larson erwartete die Hauptkommissarin bereits und sperrte ihr die Ladentür auf. »Kommen Sie mit in mein Büro«, forderte er sie in geschäftsmäßigen Tonfall auf.

Während Ruth dem Antiquitätenhändler durch die Verkaufshalle folgte, erkundigte er sich nach ihrem Dachboden.

»Ich hatte noch keine Zeit, ihn erneut aufzusuchen«, sagte Ruth. »Die Arbeit …«

Abbe nickte verstehend. »Wie kommen Sie mit dem Mordfall voran?«

»Erwartungsgemäß«, erwiderte Ruth ausweichend.

»Verstehe.« Abbe öffnete die Bürotür. »Bestimmt haben Sie es eilig,« sagte er und schritt auf den Schreibtisch zu. Neben der Schatulle mit den Duellpistolen lagen eine Unmenge Gegenstände darauf, ein Sammelsurium alter gebrauchter Dinge, deren Wert Abbe Larson anscheinend erst noch bestimmen musste. An jedes dieser Stücke war ein Zettelchen mit einem handschriftlichen Vermerk gebunden.

Ruths umherschweifender Blick fiel auf einen Tresor, dessen Tür nur angelehnt war. Entlang der Wände standen Tische mit Kisten voller alter Gegenstände.

»Ich bin stets auf der Suche nach Ware für mein Geschäft, wie Sie sehen können«, sagte Abbe. »Manchmal wächst mir die Arbeit aber über den Kopf.« Mit der Pistolenschatulle in den Händen deutete er auf ein paar alte Teehandelskisten aus Holz. »Die letzte Lieferung von Tido Looke habe ich zum Beispiel noch gar nicht vollständig sichten können.«

»Die Arbeit …«, sagte Ruth höflich und lächelte. »Ihnen ergeht es offenbar nicht anders als mir.«

Sie nahm die Schatulle entgegen und warf einen kurzen Blick hinein.

»Richten Sie Konrad bitte einen Gruß von mir aus«, sagte Abbe und verließ das Büro, um Ruth zur Ladentür zu bringen. »Er soll gerne mal wieder bei mir vorbeischauen.«

»Das werde ich ausrichten.«

*

Als Einheimische nahm sich Ruth die Freiheit, mit dem Auto die verkehrsberuhigte Mühlenstraße entlangzufahren und vor Konrad Maizelmanns Haus zu parken. Bei dem historischen Gebäude handelte es sich um ein zweistöckiges, eher schlicht daherkommendes Bürgerhaus. Die hohen Sprossenfenster und die Stufen, die zur städtisch anmutenden Eingangstür hinaufführten, ließen jedoch erkennen, dass eine weltmännische, wohlhabende Person es hatte errichten lassen, ein Bauherr, der weit herumgekommen war, weil er auf den Meeren Handel getrieben hatte. Die Fassade war ergraut und das Glas in den Fenstern dünn, da eine moderne Isolierverglasung den ursprünglichen Charakter des Bauwerkes zuwidergelaufen wäre. Trotzdem wirkte das Haus auf gewisse Weise gepflegt, wenn es auch ein wenig aus der Zeit gefallen zu sein schien.

Die Schatulle mit den Duellpistolen behutsam unter den Arm geklemmt, stieg Ruth die Stufen empor und klopfte aus Ermangelung einer Klingel mit der Faust gegen die wuchtige Holztür.

Schwungvoll riss Konrad Maizelmann das schwere Türblatt auf, und erneut überraschte er Ruth mit seiner ausgefallenen Kleidung. Ein naturfarbenes, weit geschnittenes Hemd aus Kattun nebst einer dazu passenden Hose umspielten leger seinen kräftigen Körper. Er hatte einen Schal locker um den Hals gewickelt und unter den Ärmeln schauten Pulswärmer hervor, beides im selben Farbton gehalten wie der Anzug.

»Hereinspaziert«, sagte Konrad gut aufgelegt, wobei er mit schwungvoller Eleganz in den Hausflur zeigte, der sich schattig und unbeleuchtet hinter ihm erstreckte. Als Ruth über die Schwelle trat, nahm er ihr galant die Schatulle ab.

Ruth schaute auf ihre Armbanduhr. Abbe Larsen hatte sie in seinem Antiquariat länger aufgehalten, als sie geplant hatte. »Ich habe leider nur ein paar Minuten«, musste sie bedauernd feststellen.

Konrad nickte wissend. »Verbrechen sind für alle, die damit zu tun haben, eine zeitaufwendige Angelegenheit.« Er drückte die Tür ins Schloss, woraufhin es im Flur noch um einiges dunkler wurde. »Ich weiß, wovon ich spreche.«

»So?«, gab Ruth sich verwundert.

»Was glauben Sie, wie viel Zeit ich auf meine Preziosen-Sammlung verwende.« Er schaltete das Licht seines Smartphones an und leuchtete den Gang hinunter. »In diesem Haus gibt es weder elektrische Leitungen noch fließend Wasser, geschweige denn eine Zentralheizung«, erklärte er, als müsse er sich für die Unannehmlichkeiten entschuldigen.

»Ich habe mir sagen lassen, dass dieses Gebäude in Greetsiel nicht das einzige historische Bauwerk ist, das von seinem Besitzer in seinem ursprünglichen Zustand belassen oder sogar dahin zurückversetzt wurde«, entgegnete Ruth.

»Dieses Fischerdorf ist in vielerlei Hinsicht ein bemerkenswerter Ort«, erwiderte Konrad leutselig. »Nicht zuletzt deshalb hat es mich hierher verschlagen.«

Er schwenkte das Smartphone. »Um zu den zeitverschlingenden Verbrechen zurückzukommen: Die seltenen Sammlerstücke aufzuspüren und ihrer habhaft zu werden, ist nur eine Seite der Medaille.« Er ging auf eine der Türen am Ende des Flurs zu und Ruth folgte ihm. »Anschließend muss die Historie der Preziosen hieb- und stichfest dokumentiert und festgehalten werden«, fuhr Konrad im Plauderton fort. »Authentizität ist mir sehr wichtig. Und dann galt es auch noch, für eine Aufbewahrung Sorge zu tragen, die dem Exponat angemessen ist.« Die Hand, in der er sein Handy hielt, auf die Türklinke gelegt, verharrte er und sah Ruth erwartungsvoll an. »Von der Zeit, die ich damit zubringe, meine Sammlung zu bewundern und in den Geschichten zu schwelgen, die mit ihnen verbunden sind, will ich gar nicht erst sprechen.« Er stieß die Tür auf und bedeutete Ruth voranzugehen.

Von dem Anblick überrumpelt, der sich ihr bot, trat sie andächtig ein. Die hohen Sprossenfenster sorgen für durchgehend helles Licht. Ruth hatte allerdings den Eindruck, den Ausstellungsraum eines Museums vor sich zu haben und keinen Wohnbereich. Sitzmöbel gab es keine, dafür mehrere Dutzend Vitrinen von unterschiedlicher Größe und Ausführung. In jedem der Schaukästen befand sich ein Ausstellungsstück, und die waren so seltsam, dass sofort klar wurde, dass dieser Raum alles andere war als Teil eines gewöhnlichen Museums.

Ruth wandte sich dem Schautisch gleich neben der Tür zu. Darin lagen ein paar zerknitterte und, wie sie vermutete, mit geronnenem Blut befleckte Geldscheine, die um achtzehnhundert gedruckt worden waren, wie sie von den ramponierten Scheinen gerade eben noch ablesen konnte.

»Diese Geldscheine waren einst Teil eines Geldtransports, der mit einer Postkutsche durchgeführt wurde«, erläuterte Konrad. »Es soll einer der letzten Postkutschenüberfälle in Ostfriesland gewesen sein und fand um 1820 statt, aber das ist nicht eindeutig belegt. In der Postkutsche wurde sowohl Münzgeld als auch Papiergeld transportiert. Papiergeld wurde in dieser Zeit als Zahlungsmittel eher selten verwendet und war daher ziemlich unbekannt. Die Räuber, die die Postkutsche überfielen, wussten mit den Scheinen nichts anzufangen und ließen sie zurück. Der Kutscher, den die Band meuchelte, starb bloß für ein paar Säckchen Münzen, während der viel höhere Wert in Scheinen liegen blieb.« Er deutete auf die Exponate. »Die Leiche des bedauernswerten Kutschers war mit diesen Scheinen bedeckt, während andere vom Wind in der Landschaft verstreut wurden. Vor Wut und Enttäuschung hatten die Räuber die Scheine nämlich aus der Kutsche geworfen und waren darauf herumgetrampelt.«

Ruth hob eine Augenbraue. »Eine makabre Geschichte«, kommentierte sie.

»Und dennoch faszinierend, nicht wahr?« Konrad fasste Ruth am Arm und zog sie auf einen Schaukasten zu, in dem ein schwarzer Kittel ausgestellt wurde. »Sie haben nur wenig Zeit, daher zeige ich Ihnen ein ganz bestimmtes Sammlerstück, das Sie interessieren dürfte. Später, wenn Sie mich erneut besuchen und mehr Muße haben, dürfen Sie sich aber natürlich nach Herzenslust überall umschauen.«

Ruth furchte die Stirn und umrundete den Schaukasten, zu dem Konrad sie geführt hatte. Sie betrachtete den darin ausgestellten Arbeitskittel von allen Seiten. Auf der Rückenpartie war grau der Schriftzug eines Handwerksbetriebes gestickt worden und am Kragenaufschlag befand sich ein Namensschild. Der Name des Mannes war Ruth genauso in Erinnerung geblieben wie der des Elektrobetriebs, für den er gearbeitet hatte.

»Der Mordfall, der mit dieser Preziose zusammenhängt, ist Ihnen noch geläufig, nicht wahr?« Die Frage klang mehr wie eine Feststellung.

Ruth nickte. »Der Mörder wollte seine Tat als Irrtum darstellen.«

Konrad nickte. »In dem Altbau in Altona, wo dieser Mann ermordet wurde, hatte es regelmäßig Stromausfälle gegeben. Bei den Mietern machte sich das Gerücht breit, dass diese ärgerlichen Ausfälle auf Sabotage zurückgingen. Jemand machte sich angeblich an den Stromleitungen zu schaffen. Ein Mieter überraschte dann tatsächlich eine dunkel gekleidete Person dabei, wie sie sich im Keller am Hauptverteiler zu schaffen machte. Weil der Strom erneut ausgefallen war, war es dunkel, trotzdem ging der Mieter auf den mutmaßlichen Saboteur los und schlug ihn mit einer Eisenstange nieder. Dabei traf er den Mann wegen der schlechten Sichtverhältnisse so unglücklich am Kopf, dass der Angegriffene starb. Wie sich dann herausstellte, handelte es sich bei dem Opfer um einen Elektriker, der vom Hausbesitzer bestellt worden war, um die Ursache für die Stromausfälle zu beheben.«

»Der Täter beharrte darauf, dass er unschuldig war und der Elektriker nur aufgrund eines Irrtums und unglücklicher Umstände ums Leben kam«, sagte Ruth.

Konrad lächelte feinsinnig. »Aber Sie konnten beweisen, dass es der Täter selbst war, der die Gerüchte über den Saboteur verbreitet hatte. Er hatte selbst für die Ausfälle gesorgt und den Vermieter mit anonymen E-Mails dazu gedrängt, einen Elektriker zu schicken.«

Ruth legte eine Hand auf das Glas der Vitrine. »Es war ein geschickt eingefädelter Racheakt«, sagte sie gedehnt. »Der Täter wusste, dass der Hauseigentümer einen kleinen örtlichen Elektrikerbetrieb bevorzugte, wenn er sich denn einmal dazu herabließ, einen zu rufen. Und der einzige Mitarbeiter dieses Betriebes hatte eine Affäre mit der Frau des Täters gehabt. Der Mörder hatte dem heimlichen Geliebten seiner Frau eine geschickte Falle gestellt, um ihn umzubringen.«

»Doch Sie haben diese Sache aufgedeckt. Ohne Ihre minutiösen Ermittlungen wäre der Mann womöglich mit seiner Geschichte durchgekommen. So aber wurde er rechtskräftig wegen heimtückischen Mordes verurteilt.«

»Wo haben Sie die Arbeitskluft dieses Elektrikers her?«, wollte Ruth wissen.

»Ich habe sie der Witwe abgekauft«, antwortete Konrad. »Nach dem gewaltsamen Tod ihres Mannes brauchte sie dringend Geld. Es fiel ihr auch nicht sonderlich schwer, sich von dieser Preziose zu trennen. Sie meinte, dass ihr Mann noch leben würde, wenn er ihr nicht untreu geworden wäre.«

»Wie haben Sie von dieser Sacher erfahren?«

»Ganz einfach«, antwortete Konrad. »Ich lese regelmäßig alle möglichen Zeitungen und durchforste sie nach Meldungen über interessante Mordfälle. Das Internet ist ebenfalls eine dankbare Quelle für Derartiges.«

Ruth schaute Konrad prüfend an. »Woher rührt eigentlich Ihr Interesse, Gegenstände zu sammeln, die mit einem Mord zusammenhängen?«

Konrad zuckte vage mit den Schultern. »Vielleicht finden Sie es eines Tages heraus.«

Diese Bemerkung amüsierte die Hauptkommissarin. »Haben Sie sich denn noch nie Gedanken darüber gemacht?«

»Warum sollte ich? Ich finde nichts problematisch daran. Es ist eben so, wie es ist.«

Inzwischen war Ruth ein weiteres Ausstellungsstück ins Auge gefallen: Ein Netz, wie es die Krabbenfischer in Greetsiel auf ihren Kuttern verwendeten. Hinter einer großen Glasfläche hing es ausgebreitet an der nackten Wand. »Das ist das Fischernetz, das Abbe Larsen Ihnen verkauft hat, habe ich recht?«, sagte sie und trat darauf zu.

»So ist es«, bestätigte Konrad und folgte ihr.

Mit einem fragenden Gesichtsausdruck wandte sich Ruth dem exzentrischen Sammler zu. »In dieses Netz hat sich Heiner Harm verfangen und kam ums Leben, als er mitsamt dem Fanggeschirr ins Meer gerissen wurde. Es herrscht allerdings die allgemeine Auffassung, dass es ein tragischer Unfall war.«

»Es gibt aber auch Stimmen, die von Mord ausgehen«, entgegnete Konrad.

»Und das reicht Ihnen aus, dieses Fischernetz in Ihre Sammlung aufzunehmen? Heiner Harms Söhne wollen es vielleicht einfach nur nicht wahrhaben, dass sich ihr Vater ungeschickt angestellt hat, und er deshalb über Bord gegangen ist.«

Konrad lächelte nachsichtig. »Ich bin überzeugt, dass mehr dahintersteckt. Keno und Tim sind nicht die Einzigen, die es für möglich halten, dass Heiner ermordet wurde. Abbe Larsen tut es zum Beispiel ebenfalls.«

»Das hat unser guter Antiquitätenhändler womöglich nur gesagt, um Sie dazu zu bewegen, dieses alte Netz zu kaufen«, gab Ruth zu bedenken. »Schließlich kennt er Ihre Vorliebe.« Ruth legte den Kopf schief. »Wie viel hat er Ihnen dafür abgeknöpft?«

Konrad schlang die Arme um die Pistolenschatulle. »Das werde ich Ihnen nicht verraten. Im Übrigen bin ich überzeugt davon, dass Heiner Harm tatsächlich von seinen Fischerkollegen ermordet wurde. Es ist nur noch nicht bewiesen worden.«

»Was macht Sie da so sicher?«

»Ein Gefühl«, antwortete Konrad nonchalant. »Ich bilde mir ein, ein Gespür dafür entwickelt zu haben, ob einem Gegenstand tatsächlich das Fluidum eines Mordes anhaftet oder nicht.« Er richtete den Blick auf das Fischernetz. »Und bei diesem Ausstellungsstück kann ich ein solches Fluidum deutlich spüren.« Er lächelte Ruth offenherzig an. »Gut möglich, dass bald ans Tageslicht kommt, was sich in jener Nacht wirklich an Bord der *Granate* abgespielt hat.«

Ruth lachte kurz auf. »Sie hoffen dabei auf mich«, erkannte sie.

»Wir werden sehen«, gab Konrad kryptisch zurück.

Ruth wurde diese Sache nun doch ein wenig zu bunt. Dass Konrad wirklich ein Gespür für Gegenstände hatte, die mit einem

Mord zusammenhingen, hielt sie für ausgeschlossen. Aus diesem Grund gab sie auch nichts auf seine Einschätzung, dass Heiner Harm ermordet worden war.

Mit Schrecken fiel Ruth jetzt auf, dass sie sich schon viel zu lange im Haus des Sammlers aufhielt. Ein Blick auf ihre Armbanduhr bestätigte, dass sie längst im Büro der Greetsieler Polizeiwache sitzen und den Abschlussbericht der Forensiker hätte durcharbeiten müssen.

»Ich muss gehen«, sagte sie kurz angebunden.

»Sie sind bei mir stets ein gern gesehener Gast«, sagte Konrad freundlich. »Besuchen Sie mich, wann immer Ihnen der Sinn danach steht.«

»Danke, sehr freundlich.« Ruth reichte dem Mann zum Abschied die Hand. »Ich finde allein raus«, sagte sie dann, drehte sich weg und eilte aus dem Ausstellungsraum voller seltsamer Exponate.

Konrad ging ihr schweigend hinterher, blieb im Flur dann stehen und leuchtete Ruth mit seinem Smartphone den Weg zur Haustür.

Kapitel 6

Ruth Fasan saß einen Moment lang wie betäubt in ihrem Bürosessel und starrte mit leerem Blick aus dem kleinen Sprossenfenster auf die Ankerstraße hinaus. Die Passanten, die an dem schmucken Friesenhaus vorbeischlenderten, nahm sie dabei kaum wahr. Stattdessen kreisten ihre Gedanken wie ein Falterschwarm um eine nächtliche Straßenlaterne um den Abschlussbericht der Forensiker.

Bei dem Gewehr, das Hagen und sie beim pensionierten Fischer Frodo August sichergestellt hatten, handelte es sich der Untersuchung zufolge nicht um die Waffe, mit der auf Peer Wieler geschossen worden war. Mit ihr wurde auch nicht der tödliche Schuss auf den Netzflicker Tido Looke abgefeuert.

Die ballistische Analyse hatte jedoch ergeben, dass für die beiden Taten sehr wohl ein und dieselbe Waffe verwendet worden war. Aber dabei handelte es sich nachweislich eben nicht um Frodo Augusts Gewehr! Aber wo war denn dann die Tatwaffe? Die Polizeitaucher hatten im Hafenbecken bisher kein Gewehr gefunden, und an Bord der *Greetchen* hatte Hagen auch keins entdeckt.

Ruth rieb sich mit den Händen übers Gesicht. Dann tat sie das Naheliegendste und rief Hagen an, um ihn über die Untersuchungsergebnisse der Forensiker in Kenntnis zu setzen.

»Wäre auch zu schön gewesen, wenn sich dieser Fall so schnell hätte klären lassen«, kommentierte Hagen enttäuscht, nachdem Ruth ihn ins Bild gesetzt hatte. Er seufzte tief. »Und jetzt?«, fragte er ratlos. »Soll ich etwa so lange auf Herrn Wieler aufpassen, bis Sie den wahren Täter im Alleingang ausfindig und unschädlich gemacht haben?«

»Ich brauche Sie an meiner Seite«, beschied Ruth. »Bringen Sie Herrn Wieler zur Wache. Alice wird ein Auge auf ihn haben.«

Hagen atmete erleichtert durch. »Hoffentlich lässt er sich darauf ein. Ich konnte ihn vorhin gerade noch davon abhalten, zum Angeln aufzubrechen. Er hatte seine Ausrüstung schon geschultert und wollte partout …«

»Sie werden das Kind schon schaukeln«, unterbrach Ruth ihn und verwendete dabei die gleiche Phrase, die ihr Partner in Zusammenhang mit dem pensionierten Hauptkommissar vorher selbst verwendet hatte.

»Ja – bis gleich«, sagte Hagen zerknirscht und unterbrach die Verbindung.

Ruth legte die Hände flach auf die Tischplatte und begann sich Gedanken über ihr weiteres Vorgehen zu machen. Weit kam sie dabei nicht, denn es wurde an die Tür geklopft. Bevor Ruth »Herein!« rufen konnte, schwang das Türblatt auch schon auf und eine Frau mittleren Alters, in einen konservativen, marineblauen Anzug gekleidet und das blonde Haar auf Kinnhöhe gekürzt, kam ins Büro.

»Ihre Streifenpolizistin war so nett, mich gleich zu Ihnen durchzulassen«, sagte die Frau. Die Sohlen ihrer Plateauschuhe knallten vernehmlich auf den Boden, während sie auf Ruths Schreibtisch zu schritt. »Polizeioberkommissarin Dörte Langhaas«, stellte sie sich vor und reichte Ruth über den Computerbildschirm hinweg geziert die Hand.

Ruth stand auf, nannte ihren Namen und griff nach der dargebotenen Hand. »Sie sind die Verstärkung vom BKA, nehme ich an.«

»Mit dieser Annahme liegen Sie goldrichtig.« Die Frau zückte ihren Dienstausweis und hielt ihn Ruth auf Augenhöhe hin. Dann sah sie sich um, ging zu Hagens Schreibtisch hinüber und setzte sich. »Am besten fangen wir sofort an«, sagte sie, während sie Hagens Notizen beiseiteschob. Sie hob abwehrend eine Hand, als Ruth den Mund aufmachte, um etwas zu sagen. »Ich habe alle relevanten Berichte und Untersuchungsergebnisse gelesen. Außerdem hat Staatsanwalt Lindau mich über die Lage in Greetsiel ins Bild gesetzt. Ein langwieriges Briefing können wir uns also sparen.« Sie lächelte höflich. »Ein hübsches Örtchen übrigens, das Sie sich als Wirkungsstätte ausgesucht haben, Frau Fasan. Man könnte Sie glatt beneiden.«

»Dann genießen Sie Ihre Zeit hier.«

Die Oberkommissarin verzog säuerlich den Mund. »Wenn's mal nur dazu käme.« Sie zupfte am Kragen ihres Jacketts. »Frodo

August können Sie ja nun nach Hause schicken, da er sich als unschuldig erwiesen hat. Wen werden wir stattdessen als Täter ins Visier nehmen?«

»Da wären zum Beispiel …«

»… die Krabbenfischer Keno und Tim Harm«, fiel die Oberkommissarin Ruth ins Wort.

Ruth wiegte abwägend den Kopf.

»Die Brüder haben dem Netzflicker Heiner Looke vorgeworfen, für den Tod ihres Vaters verantwortlich zu sein«, zeigte sich Dörte gut unterrichtet. Sie stand auf. »Knöpfen wir sie uns also vor.«

»Dazu müssten wir zuerst herausfinden, wo sie stecken«, erwiderte Ruth. »Allerdings …«

»Warum haben Sie das nicht längst getan?«, ließ Dörte sie einmal mehr nicht zu Wort kommen.

Ruth spürte Ärger in sich aufsteigen.

Die Oberkommissarin fuchtelte mit den Armen. »Worauf warten Sie? Finden Sie es heraus!«

Ruth zwang sich zur Zurückhaltung und griff zum Telefon. »Gut möglich, dass sie mit ihrem Kutter noch auf der Nordsee unterwegs sind.«

Dörte ließ sich zurück in Hagens Bürosessel fallen. »Sie hätten nicht zulassen dürfen, dass sie überhaupt in See stechen.«

Ruth nahm diese Kritik ungerührt zur Kenntnis. »Ich fand den Anfangsverdacht nicht hinreichend genug für eine solche Maßnahme. Außerdem …«

»Wie bitte?«, drang die Stimme des Hafenmeisters, dessen Nummer Ruth soeben gewählt hatte, aus dem Telefonhörer.

»Sie waren nicht gemeint, Herr Böhm.« Ruth nannte ihren Namen und erkundigte sich bei dem Hafenmeister, ob die *Greetchen* noch auf Fangfahrt war.

»Ne, der Kutter passiert gerade die Schleuse«, bekam sie zu hören. »Er müsste in etwa einer Viertelstunde am Hafen festmachen.«

Ruth bedankte sich und legte auf. »Die Brüder werden in Kürze im Hafen eintreffen«, informierte sie die Oberkommissarin.

Erneut stand Dörte auf. »Dann nichts wie hin!«

»Zuerst warten wir auf meinen Partner Hagen Reese«, entgegnete Ruth. »Er wird jeden Moment hier eintrudeln.«

Dörte winkte ab. »Den brauchen Sie vorerst nicht mehr. Sie haben jetzt ja mich.«

Bevor Ruth Gelegenheit fand, diese Bemerkung zu kommentieren, wurde die Tür geöffnet und Hagen trat ein. Peer Wieler trottete mit griesgrämiger Miene hinter ihm her.

Ruth stand nun ebenfalls auf und stellte die Anwesenden einander vor, soweit sie sich noch nicht kannten.

Peer Wieler nickte beifällig, ließ dabei jedoch ein ironisches Lächeln auf den Lippen sehen. »So viel geballte polizeiliche Kompetenz auf einmal hat diese bescheidene Greetsieler Polizeistation bestimmt noch nie gesehen«, merkte er trocken an.

Ruth hob leicht eine Augenbraue, verkniff sich aber die Bemerkung, dass es auch zu viel des Guten geben konnte. Sie wollte weder Hagen Reese noch Dörte Langhaas oder Peer Wieler vor den Kopf stoßen.

»Ich habe mir Gedanken darüber gemacht, wer als Täter denn nun noch infrage kommt, nachdem Frodo August jetzt aus dem Schneider ist«, brachte sich Hagen überraschend ein. Ruth hatte den Eindruck, dass er meinte, sich in diesem Kreis erfahrener Kriminalisten unbedingt behaupten zu müssen. »Ich finde, wir sollten ...«

»Wir waren gerade im Begriff, zum Krabbenkutterhafen aufzubrechen und die Brüder Keno und Tim Harm dort abzufangen«, unterbrach Dörte ihn.

Hagen sah die Oberkommissarin perplex an und warf dann auch Ruth einen verwunderten Blick zu. »Ja, aber ...«, setzte er an.

»Sie kümmern sich derweil um Herrn Wieler«, bestimmte Dörte.

»Das war aber anders geplant gewesen«, insistierte Hagen.

Peer Wielers Miene verfinsterte sich. »Sie erwarten von mir hoffentlich nicht, dass ich mich wieder in die Teeküche verkrümeln soll.«

»Sie stehen außer Dienst, Herr Wieler«, gab Dörte sachlich unterkühlt zurück. »Es geht nicht an, dass Sie bei diesen Ermittlungen mitmischen.«

Wieler verzog spöttisch den Mund. »Glauben Sie mir, meine Liebe, nichts liegt mir ferner als mich in Ihre Arbeit zu drängen. Ich will bloß meine Ruhe haben und angeln gehen.«

»Momentan stehen uns leider keine Alternativen zur Verfügung«, sagte Ruth. »Wir haben für Ihren Schutz zu sorgen, und in der Teeküche sind Sie momentan nun einmal am sichersten. Alice wird sich Ihrer annehmen. Bei ihr sind Sie in ebenso guten Händen wie bei Hagen.«

Der pensionierte Hauptkommissar schüttelte enerviert den Kopf. »Schnappen Sie diesen Irren endlich, der Greetsiel mit seinem Scharfschützengewehr unsicher macht. Ich möchte nämlich so schnell wie möglich zu meinen alten Gepflogenheiten zurückkehren!« Mit grimmiger Miene trottete Wieler auf die Tür zu, welche in die Teeküche führte, die vom Büro der Kommissare ebenso zu erreichen war wie vom Flur aus, der vom Eingangsbereich weg an der Arrestzelle und dem Verhörraum vorbeiführte. Mit lautem Krachen schlug er die Tür hinter sich zu.

»Wir wissen immer noch nicht, warum unser lieber Hauptkommissar a. D. ins Visier des Mörders geraten ist«, sagte Ruth, während sie die Teeküchentür sinnierend ansah. »Was verbindet ihn und Tido Looke miteinander?«

»Müssen wir nicht langsam mal los?«, drängte Dörte.

»Was versprechen Sie sich eigentlich von der Befragung der Harm Brüder?«, erkundigte sich Hagen.

Dörte sah ihn an, als würde sie ihn plötzlich nicht mehr für zurechnungsfähig halten. »Die sind derzeit unsere Hauptverdächtigen. Haben Sie nicht richtig aufgepasst?«

»Dasselbe könnte ich Sie fragen«, gab Hagen frostig zurück.

Ruth hob beschwichtigend die Hände. »Was mein Partner Ihnen zu verstehen geben möchte, ist, dass es ziemlich unwahrscheinlich ist, dass Keno oder Tim auf Herrn Wieler geschossen haben, da sie sich zu dieser Zeit mit ihrem Kutter auf Fangfahrt befunden haben.« Ruth lächelte versöhnlich. »Außerdem wurde der tödliche Schuss auf Tido Looke mit derselben Waffe abgefeuert, mit der auch auf Herrn Wieler geschossen wurde. Da die Brüder für Letzteres nicht verantwortlich gemacht werden können, lässt es fraglich erscheinen, ob sie etwas mit dem Mord an dem Netzflicker zu tun haben.«

Die Oberkommissarin ließ sich wie ausgeknockt in Hagens Bürosessel fallen. »Das ist mir jetzt wirklich unangenehm.« Sie wich den Blicken der Kriminalisten aus. »Wie konnte mir nur ein derartiger Fehler unterlaufen?«

»Womöglich waren Sie ein bisschen übereifrig«, merkte Ruth vorsichtig an. »Es kann nicht schaden, die Leute aussprechen zu lassen und sich anzuhören, was sie zu sagen haben.«

Dörte sah Ruth empört an. »Ich bin oberflächlich, warum sagen Sie es nicht gleich!«, stieß sie mit giftigem Unterton hervor.

»Ich überlasse es Ihnen, über Ihr Verhalten zu urteilen.« Ruth nahm ihr Jackett von der Lehne ihres Bürosessels und schlüpfte in die Ärmel.

»Was haben Sie denn jetzt vor?«, erkundigte sich Dörte.

»Wir proben erst einmal unsere Zusammenarbeit als Trio«, erklärte Ruth. »Die Befragung der Harm Brüder ist eine gute Gelegenheit, dies zu tun.«

Dörte stand auf. »Weil wir dabei nicht allzu viel Schaden anrichten können, nicht wahr?«, fragte sie säuerlich. »Denn sie sind ja unschuldig.«

»Wir werden sehen.« Ruth näherte sich der Verbindungstür zu Alice' Bereich und gab Hagen ein Zeichen, ihr zu folgen. »Bevor wir aufbrechen, werden wir uns bei Frodo August für die Unannehmlichkeiten entschuldigen, die wir ihm bereitet haben, und ihn nach Hause schicken«, verkündete sie.

Alice betrachtete das Dreiergespann, das durch ihren Arbeitsbereich stiefelte, mit spitzbübischem Gesichtsausdruck. Der Anblick rief in ihr offenkundig eine humorvolle Assoziation hervor, aber sie behielt sie wohlweislich für sich, denn sie spürte zweifellos die angespannte Stimmung und wollte da nicht mit hineingezogen werden, indem sie einen ihrer Scherze anbrachte.

Ruth, die eine genaue Beobachterin war, entging dies alles nicht. Sie wurde nun auch Zeuge, dass das Eis zwischen Hagen und Dörte trotz allem zu tauen anfing, denn die Oberkommissarin fragte ihren jüngeren Kollegen halblaut: »Wen hatten Sie als Täter vorhin denn ins Spiel bringen wollen – ehe ich Sie unterbrochen habe?«

»Rieke Looke, die Frau des Opfers«, antwortete Hagen.

»Ja, das wäre naheliegend«, kommentierte Dörte, wobei sie sich hörbar Mühe gab, nicht anklingen zu lassen, was sie von dieser Idee hielt. »Ehepartner sind bei Mordfällen statistisch gesehen häufig für die Tötung ihres Anvertrauten verantwortlich.«

*

Schweigend hörte sich Frodo August auf der Zellenpritsche sitzend an, was Ruth Fasan ihm zu sagen hatte. »Wann bekomme ich mein Gewehr zurück?«, fragte er kurz angebunden, kaum dass Ruth geendet hatte.

»Wenn wir es von unseren Emder Kollegen zurückbekommen«, erwiderte Ruth.

Frodo stand auf und verließ ohne Umschweife die Arrestzelle. Kommentarlos schritt er an Hagen Reese und Dörte Langhaas vorbei und reagierte auch nicht auf Alice' lax hinterhergerufenes »Machen Sie's gut!« Im nächsten Moment war er nach draußen verschwunden.

»Kurz und schmerzlos«, kommentierte Ruth den Abgang des pensionierten Fischers. »Hoffentlich erweisen sich Keno und Tim gleich nicht als genauso wortkarg wie er.«

Das Dreiergespann verließ die Wache. Da der Hafen nur etwa zweihundert Meter entfernt war, ordnete Ruth an, zu Fuß zu gehen, was Dörte das missbilligende Heben einer Augenbraue abnötigte. Mit dem zivilen Einsatzwagen wichtigtuerisch beim Krabbenkutterhafen aufzulaufen, wäre ihr offenbar lieber gewesen.

Dörtes Missbehagen verflüchtigte sich allerdings bei jedem Meter zusehends, den sie gemeinsam mit Ruth und Hagen in Greetsiel zurücklegte, denn auf diese Weise erhielt sie Gelegenheit, die Schönheit dieses Fischerdorfes hautnah zu erleben. Was sie zu sehen bekam, beeindruckte sie offensichtlich, denn sie blickte ständig um sich, und auf ihrem Gesicht zeichneten sich Staunen und Bewunderung ab. Ab der Hälfte der

Strecke fing sie sogar an, mit Hagen ungezwungen zu plaudern und ihn nach diesem und jenen auszufragen, was ihr bei ihrer Umschau als interessant erschienen war. Wäre Dörte nicht in diesen konservativen marineblauen Anzug gekleidet gewesen, und wäre sie nicht so stocksteif auf ihren Plateauschuhen umherstolziert, man hätte sie glatt für eine Touristin und nicht für eine Beamtin halten können.

Als die Kriminalisten die Rampe erreichten, die zum Kai und den Krabbenkuttern hinabführte, stellte die Oberkommissarin das Reden ein. Die *Greetchen* hatte im vorderen Bereich des Anlegers festgemacht. Tim Harm und Enno Ederson wuchteten Kisten voller Krabben von Bord und übergaben sie dem Fahrer eines Kleintransporters, der in der Nähe parkte.

Als Enno, der oben auf der Bordwand stand, Hagen erblickte, hob er grüßend die Hand. »Moin, Hagen!«, rief er seinem alten Schulfreund zu. »Bist du mal wieder als ostfriesischer Sherlock Holmes unterwegs?«

»Sherlock Holms ist Privatdetektiv, Herr Reese jedoch Staatsbediensteter!«, platzte es aus Dörte heraus. »Außerdem ist Sherlock Holms bloß eine von Arthur Conan Doyle erfundene Kunstfigur!«

Enno grinste breit und taxierte Dörte ungeniert von oben bis unten. »Wer ist denn der schnuckelige Naseweis an deiner Seite?«, wollte er dann von Hagen wissen.

»Oberkommissarin Dörte Langhaas«, antwortete er. »Sie arbeitet für das BKA.«

»Oha!« Enno schob die Mütze hoch und kratzte sich die Stirn. »Ein starkes Aufgebot.«

»Wollen Sie etwa zu uns?«, fragte Tim an Ruth gerichtet und drückte dem Fahrer eine Kiste in die Hand. »Sie sehen doch, dass wir am Schuften sind!«

»Wir müssen Ihnen bezüglich des Mordes an Tido Looke Fragen stellen«, kam Dörte der Hauptkommissarin mit einer Antwort zuvor. Erschreckt fuhr sie sich mit den Fingern an die Lippen und sah Ruth schuldbewusst an. »Ich bin schon wieder übereifrig, stimmts?«

»Könnte man so sagen.« Ruth sah zum Krabbenkutter hinüber. »Wo ist Keno, Ihr älterer Bruder?«, fragte sie Tim, der sich von Enno eine weitere Kiste anreichen ließ.

»Der ist los – musste was Dringendes erledigen!«, antwortete der junge Fischer und nahm den Behälter entgegen, den Enno ihm reichte. »Wir haben Ihnen schon alles gesagt, was es zu dieser Sache zu sagen gibt«, fuhr er fort, während er die Kiste zum Transporter trug. »Tido Looke war nicht unser bester Freund. Er war ein Halunke, der unseren Vater auf dem Gewissen hat. Aber wir haben ihm kein Haar gekrümmt.«

»Inzwischen ist mit derselben Waffe, mit der Tido Looke ermordet wurde, auch auf den pensionierten Hauptkommissar Peer Wieler geschossen worden.« Ruth hatte spontan entschieden, diese Information preiszugeben.

Tim kehrte mit leeren Händen zum Kutter zurück. »Man hat auf den alten Hauptkommissar geschossen?«, fragte er befremdet und reckte die Arme hoch, um von Enno eine weitere Kiste in Empfang zu nehmen. »Ist er etwa auch tot?«

»Er hat überlebt«, sagte Hagen. »Dank mir!«

Enno, der aufrecht auf der Bordwand stand, stemmte die Hände in die Hüften und sah wütend zu Tim hinab. »Ich spiele da nicht mehr mit, verstanden?!«

»Was meinst du?«, blaffte Tim ihn an und bewegte auffordernd die Arme. »Gib mir endlich eine Kiste, Mann!«

Enno schüttelte den Kopf. »Ich vertraue dir und deinem Bruder nicht mehr.«

»Es ist alles in bester Ordnung!«, sagte Tim verärgert.

»Nix ist in bester Ordnung!«, rief Enno. »Wie kannst du das behaupten, nach dem, was mit dem alten Wieler passiert ist?«

»Damit haben wir nichts zu tun!«, rief Tim aufgebracht.

Hagen machte einen Schritt auf den Kutter zu. »Du sagst mir jetzt sofort, was los ist!«, forderte er seinen Schulkameraden auf.

Enno zögerte kurz. »Keno … er ist nicht erst vorhin von Bord gegangen«, sagte er rau. »Er ist gestern bereits runter, und zwar, als wir in der Schleuse waren. Er meinte, er hätte was zu erledigen, und dass Tim und ich die Fangfahrt allein machen sollten. Dann ist er die Sprossenleiter am Schleusenbecken hoch und ist verschwunden.«

Dörte wirbelte zu Ruth herum. »Die Brüder stecken also sehr wohl in dieser Sache mit drin, wie ich es nicht anders erwartet habe! Keno war nicht auf Fangfahrt. Er hatte also Gelegenheit, Peer Wieler …«

Ruth brachte die Oberkommissarin mit einer Geste zum Schweigen. »Was hatte Ihr Bruder denn Wichtiges zu erledigen?«, fragte sie den jungen Fischer streng.

Tim winkte ab. »Eine private Angelegenheit, die niemanden zu interessieren hat.«

»Uns geht das sehr wohl etwas an!« Dörte sah aus, als wollte sie sich auf den Fischer stürzen.

»Wenn Sie schweigen, müssen wir davon ausgehen, dass Ihr Bruder es war, der auf Peer Wieler geschossen hat«, sagte Hagen zu Tim. »Und das lässt auch die Schlussfolgerung zu, dass er Tido Looke auf dem Gewissen hat!«

»Damit hat mein Bruder nichts zu tun, ehrlich!«, begehrte der junge Mann auf. »Hagen hat unseren Kutter doch durchsucht. Wir hatten keine Waffe an Bord!«

Hagen verschränkte die Arme. »Dann sag endlich, was Sache ist!«

Tim gestikulierte aufgebracht. »Keno wollte sich Frodo August vorknöpfen!«, rief er. »Dass der viel mehr über den Tod unseres Vaters weiß, als er behauptet, haben wir immer vermutet. Und jetzt, da Tido nicht mehr am Leben ist, ist Frodo der Einzige, der die Wahrheit kennt.«

Hagen nickte verstehend. »Und weil ihr befürchtet, dass auch Frodo demnächst abdanken könnte, seid ihr wild entschlossen, die Wahrheit aus ihm herauszuquetschen, nicht wahr?«

»Keno wird den alten Frodo schon nicht gleich umbringen«, sagte Tim. »Er soll nur endlich mit der Sprache rausrücken!«

Dörte sah alarmiert zwischen Ruth und Hagen hin und her. »Frodo August saß die ganze Zeit in der Arrestzelle«, sagte sie aufgewühlt. »Sie haben ihn wahrscheinlich noch rechtzeitig einkassiert, bevor Keno Harm ihn in die Finger kriegen konnte!«

»Doch jetzt ist Frodo wieder auf freiem Fuß!« Hagen kratzte sich nervös den Hals. »Hoffentlich hat Keno inzwischen aufgegeben und ist von seiner dummen Idee abgerückt, dem alten Mann zuzusetzen.«

»Da kennst du Keno aber schlecht«, warf Enno ein. »Wenn der sich was in den Kopf gesetzt hat, zieht er es auch durch, so stur wie der ist!

»Rufen Sie Ihren Bruder über Handy an!«, forderte Hagen Tim auf. »Sagen Sie ihm, dass er …«

»Er hat sein Smartphone an Bord gelassen«, fiel dieser ihm ins Wort. »Für den Fall, dass es getrackt wird, sollte es den Anschein haben, dass Keno sich an Bord der *Greetchen* aufhält.«

»Das haben Sie ja wunderbar eingefädelt«, sagte Dörte missbilligend.

Ruth holte ihr Handy hervor und wählte den Apparat des pensionierten Fischers an. Sie wollte ihn zur Vorsicht anhalten, wartete jedoch vergebens darauf, dass der Anruf entgegengenommen wurde. Ein beunruhigendes Zeichen, wie sie fand. »Wir müssen sofort los zu Frodo August!«, entschied sie.

»Zu dumm, dass wir nicht mit dem zivilen Einsatzwagen hergekommen sind«, konnte sich Dörte nicht verkneifen anzumerken, wobei sie sich eines ätzenden Untertons bediente. »Denn dann könnten wir jetzt viel schneller …«

»Die Dollarstraße ist nur einen Katzensprung von hier entfernt«, unterbrach Hagen sie und rannte hinter Ruth her, die sich bereits in Bewegung gesetzt hatte. »Nehmen Sie Ihre Beine in die Hand, Dörte!«

*

Einige Passanten staunten nicht schlecht, als sie die drei Personen, die sie vorhin dabei beobachten konnten, wie sie sich mit sichtlichem Interesse für Greetsiels Sehenswürdigkeiten, dem Krabbenkutterhafen genähert hatten, nun im Sprintlauf zwischen den kleinen, putzigen Häusern verschwinden sahen, die die Sielstraße säumten und für die unverwechselbare malerische Ansicht des Hafens verantwortlich waren.

Hagen besaß zweifelsohne die beste Kondition von den dreien, aber sowohl Ruth als auch Dörte konnten locker mit ihm Schritt halten. Dörte fiel nach etwa fünfzig Metern allerdings zurück, da ihre Plateauschuhe ständig unter ihr wegrutschten, wenn sie eine Straßenbiegung nahmen. Ruth spürte in ihren Atemwegen irgendwann ein leichtes Stechen, doch bevor sie dies ernstlich beeinträchtigen konnte, hatten sie ihr Ziel auch schon erreicht.

Die Tür von Frodo Augusts Wohnhaus stand offen, was Böses erahnen ließ. Hagen riss im Laufen seine Dienstwaffe aus dem Holster und war der Erste, der in den Hausflur stürmte. Sobald er die Schwelle übertreten hatte, spulte er wie automatisch die Bewegungsabläufe ab, die ihm auf der Polizeischule für solche Fälle eingebläut worden waren. Systematisch drang er mit vorgehaltener Waffe nacheinander in die Zimmer ein und rief, dass die Polizei im Haus war. »Gesichert«, informierte er Ruth jedes Mal, weil er keine Person angetroffen hatte.

Ruth ging langsam hinter ihrem Partner her und bedeutete Dörte, als die endlich zu ihnen aufschloss, sich im Hintergrund zu halten.

»Im Erdgeschoss hält sich niemand auf«, sagte Hagen schließlich und ließ den Waffenarm sinken.

Ruth deutete auf die nur angelehnte Kellertür. Dörte zog sie zur Gänze auf und Hagen schlüpfte mit vorgehaltener Pistole hindurch. »Polizei. Ist hier jemand?!«, rief er, während er langsam die Stufen hinabschritt. Ruth und Dörte folgten ihm in kurzem Abstand.

»Hier bin ich!« Die krächzende Stimme war eindeutig dem pensionierten Fischer zuzuordnen.

Hagen eilte in die Richtung, aus der das Rufen gekommen war. Doch da stürzte aus einem dunklen Nebenraum plötzlich eine Gestalt hervor, stieß Hagen gegen die Wand und rannte auf die Treppe zu.

Ruth packte den Mann. Es war Keno Harms. Aber der wischte Ruths Hände mit einer rudernden Armbewegung beiseite, stolperte an ihr vorbei und stand plötzlich Dörte Langhaas gegenüber. Die warf den Flüchtenden mit einem geübten Judogriff über ihre Hüfte zu Boden, setzte die Knie auf seinen Rücken und bog ihm die Arme nach hinten.

»Au!«, schrie Keno protestierend. »Sie tun mir weh!«

»Was Sie nicht sagen.« Dörte fing die Handschellen auf, die Ruth ihr zuwarf, und ließ sie um die Handgelenke des Fischers zuschnappen.

»Hätten Sie nicht ein bisschen später auftauchen können«, fluchte Keno, während Dörte ihn auf die Beine zog. »Ich hatte Frodo fast so weit, dass er endlich auspackt, was meinem Vater damals wirklich widerfahren ist!«

Kenos Bemerkung wurde geflissentlich überhört. Ruth packte ihn am Kragen und zog ihn mit sich hinter Hagen her, der sich erneut in Bewegung gesetzt hatte.

Sie fanden Frodo August mit lang ausgestreckten Beinen vor seinem Waffenschrank sitzend. Sein Oberkörper war nach vorn gebeugt. Mit dem Handrücken wischte er sich Blut von der Nase, und als er zu den Kriminalisten aufblickte, tat er es mit einem gesunden und einem stark angeschwollenen Auge.

»Dieser Irre wollte mich umbringen!«, keuchte Frodo und rieb sich die Rippen, die anscheinend ebenfalls schmerzten.

»Wenn ich das gewollt hätte, wärst du ganz bestimmt nicht mehr am Leben!« Keno spie die Worte mit vehementer Verachtung aus.

Hagen ging vor dem pensionierten Fischer in die Hocke und untersuchte ihn. »Keno hat Ihnen ziemlich übel mitgespielt«, stellte er fest, während er, seine Hand am Kinn des Mannes, dessen Kopf sachte hin und her wendete.

Hagen kam wieder auf die Beine. »Doktor Siemsen sollte sich ihn ansehen«, sagte er und holte sein Handy hervor, um die Hausärztin zu verständigen.

»Nun spuck's schon aus!«, schrie Keno. Vergeblich versuchte er, sich aus Ruths Griff zu befreien. »Was ist damals wirklich an Bord der *Granate* geschehen? Du warst kurz davor, mir endlich die Wahrheit zu sagen!«

»Ist Ihnen schon einmal in den Sinn gekommen, dass Herr August Ihnen alles Mögliche gestanden hätte, nur damit Sie endlich von ihm ablassen?«, fragte Dörte kalt. »Die Wahrheit wäre dabei sicherlich auf der Strecke geblieben.«

»Ist das so?«, fragte Ruth an Frodo gerichtet. Eine Veränderung seines Gesichtsausdrucks, ein schwermütiges Krausen der Stirn, ließ sie vermuten, dass dem Fischer irgendetwas auf der Seele brannte, ein Geständnis vielleicht, das er vorhin aufgrund des Drucks, der auf ihn ausgeübt wurde, tatsächlich gerne losgeworden wäre.

Frodo hob unentschlossen die Schultern. »Ich ... es fällt mir schwer«, sagte er. »Nach all den Jahren, was hat es da jetzt noch für einen Sinn ...« Er brach ab.

Ruth übergab den jungen Krabbenfischer an Dörte und hockte sich dann vor Frodo hin. »Das, was Sie im Moment quält«, sagte sie und legte die Hand auf seine Herzgegend, »und ich spreche nicht von den körperlichen Schmerzen, könnte der Grund gewesen sein, warum Tido Looke hat sterben müssen.« Sie zog die Hand zurück. »Sie haben Ihren ehemaligen Freund nicht erschossen, so viel steht fest. Aber Sie könnten helfen, herauszufinden, wer es war, wenn Sie sich endlich überwinden und erzählen, was Sie über den Tod von Heiner Harm wissen.«

Frodo blickte schuldbewusst zu Keno auf, wich seinem Blick dann jedoch aus. »Es ... war kein Unfall«, sagte er rau.

»Wusste ich's doch!«, schrie Keno. Dörte hatte Mühe, ihn festzuhalten, so sehr wand und sträubte er sich in ihrem Griff.

»Beruhigen Sie sich!«, fuhr Ruth den Krabbenfischer an. Sie stand auf. »Frau Doktor Siemsen wird Sie jetzt erst einmal versorgen«, sagte sie zu Frodo. »Und dann werden wir uns in aller Ruhe unterhalten!«

*

Frodo saß am Tisch in seiner Küche und hielt einen Becher dampfenden Ostfriesentees in den Händen. Wattefidibusse steckten in seinen Nasenlöchern und sein geschwollenes Auge war mit einem Kühlelement versehen, das mit einer Augenklappe an Ort und Stelle gehalten wurde. Ruth saß ihm gegenüber und wartete einen günstigen Zeitpunkt ab, das Gespräch zu beginnen.

Dr. Siemsen hatte bei dem pensionierten Fischer keine gebrochenen Rippen festgestellt, wohl aber ein paar Prellungen im Brustbereich. Sie hatte Frodo daraufhin Bettruhe angeraten, was der jedoch nicht zu berücksichtigen gedachte. Er wollte die

Unterhaltung mit der Hauptkommissarin nicht auf die lange Bank schieben, was Ruth nur recht war, denn sie befürchtete, er könnte es sich am Ende noch anders überlegen, wenn zu viel Zeit verstrich und er die Sache noch einmal überdenken konnte.

Schließlich war Dr. Siemsen gegangen und Dörte hatte einen Tee aufgesetzt. Hagen bewachte im Wohnzimmer derweil Keno Harm, den Ruth während dieser Unterredung nicht dabeihaben wollte. Sie ging nämlich davon aus, dass Keno nicht gefiel, was Frodo zu sagen hatte und deswegen eventuell die Beherrschung verlieren und erneut auf den alten Mann losgehen könnte.

Dörte stellte sich mit verschränkten Armen vor die Spüle und schaute Frodo und Ruth erwartungsvoll an.

Der pensionierte Fischer stierte in den Dampf, der aus seinem Teebecher aufstieg, ohne Anstalten zu machen, von dem wohlriechenden Gebräu zu trinken.

»Nun«, sagte Ruth gedehnt. »Jetzt wäre ein guter Zeitpunkt anzufangen, Herr August.«

Frodo schien im Geiste weit abgeschweift, denn er zuckte bei Ruths Worten kaum merklich zusammen und fokussierte die Hauptkommissarin dann mit seinem gesunden Auge, als hätte er ganz vergessen, wer da vor ihm saß. Er räusperte sich und setzte sich nervös zurecht. »Ich weiß nicht, wie ich beginnen soll«, wich er aus.

»Wie sah die Situation an Bord der *Granate* aus, kurz bevor Heiner Harm samt Fischernetz über Bord ging?«, half Ruth ihm auf die Sprünge.

Frodo versenkte seinen Blick erneut in den Dampf aus seinem Becher. »Tido und Heiner ... sie stritten sich«, sagte er dann unvermittelt.

»Und wo waren Sie zu diesem Zeitpunkt?«, fragte Ruth, da Frodo nicht weitersprach.

»Ich war mit dem Dieselmotor des Kutters beschäftigt. Denn hatte ich aus Sicherheitsgründen allerdings abgeschaltet. So konnte ich recht gut verstehen, worum es bei diesem Streit ging.«

»Sie haben also die Unwahrheit gesagt, als Sie erzählten, dass Sie wegen des Motorenlärms nicht hören konnten, was sich an Bord abspielte«, fasset Ruth zusammen.

Frodo hob gleichmütig eine Schulter.

»Und worum ging es in dem Streit?«, warf Dörte ungeduldig ein, da Frodo erneut in Schweigen zu versinken drohte.

»Tido beschuldigte Heiner, der habe mit Rieke, seiner Frau, geschlafen.« Frodo sah zu Ruth auf. »Seine Wortwahl war eine andere, aber die will ich hier nicht wiedergeben. Heiner erwiderte darauf, dass Tido seine Frau, die fast zehn Jahre jünger ist, im Bett wohl nicht mehr glücklich machen könne, weshalb sie sich anderweitig nach einem Liebhaber umschauen musste.«

»Und weiter«, drängte Dörte.

»Es kam zu einem Handgemenge.« Frodo trank nun doch einen Schluck aus seinem Becher. »Das Gerangel endete darin, dass Heiner sich im Netz verhedderte und den Halt verlor. Der Ausleger war nicht gesichert und Heiners Gewicht ließ ihn runterklappen. Das Netz ging daraufhin mitsamt unserem Kameraden in den Maschen über Bord.« Behutsam stellte Frodo den Becher auf die Tischplatte und schob ihn dann von sich. »Ich bin sofort zur Netzwinde gerannt, um den Ausleger zu heben und das Netz aus dem Wasser zu ziehen. Aber Tido hielt mich fest und schrie mich an, dass Heiner dieses Bad verdient hätte und wir ihn ruhig ein wenig zappeln lassen sollten.«

Frodo nestelte an der Augenklappe herum. »Ich hätte das nicht zulassen dürfen, hätte sofort reagieren müssen.« Er zuckte mit den Schultern. »Die Frau eines guten Freundes zu vernaschen, das erschien mir allerdings auch nicht richtig. Also warteten wir einen Moment, vielleicht ein, zwei Minuten. Es könnten auch drei gewesen sein. Als ich dann die Winde einschaltete und das Netz aus den Wellen auftauchte, war Heiner nicht mehr da. Tido und ich gerieten in Panik. Ich schnappte mir den Rettungsring und Tido leuchtete mit dem Scheinwerfer die Umgebung ab. Aber von Heiner fehlte jede Spur. Ich warf den Dieselmotor an und begann in weiten Kreisen das Fanggebiet abzufahren. Wie suchten die ganze Nacht. Heiner blieb jedoch verschwunden. Der Blanke Hans wollte ihn uns nicht zurückgeben. Er hat ihn bei sich behalten – bis heute.«

Frodo stierte blicklos vor sich hin.

Ruth gab Dörte mit einer kaum merklichen Handbewegung zu verstehen, ihm ein wenig Zeit zu lassen.

»Bestimmt fragen Sie sich jetzt, warum ich die wahren Umstände von Heiners Verschwinden für mich behalten und stattdessen gelogen habe«, sprach Frodo in Richtung der Tischplatte. Er zuckte mit den Schultern. »Die Sache war für sich genommen schon schlimm genug, und ich wollte Tido und Rieke nicht in Schwierigkeiten bringen.«

»Ganz zu schweigen davon, dass Sie eine Mitschuld am Ertrinken Ihres Kollegen trifft«, warf Dörte schonungslos ein.

Frodo sah zu der Oberkommissarin hinüber. »Ich habe bloß ein paar Minuten gezögert.« Frodo winkte kraftlos ab. »Natürlich haben Sie recht. Ich habe Schuld auf mich geladen. Und das hat mich verändert. Seit diesem Vorfall habe ich mich immer mehr zurückgenommen. Ich verschwand im Hintergrund, wurde zu einem unscheinbaren Menschen.« Er lächelte unfroh. »Und ich ziehe Vergnügen daraus, Nachbarn mit meinem lärmenden Rasenmäher auf die Nerven zu gehen. Das ist meine Art, mich doch irgendwie bemerkbar zu machen, damit ich nicht genauso sang- und klanglos untergehe, wie damals Heiner Harm.«

Ruth lehnte sich auf ihrem Küchenstuhl zurück, ließ einen Arm über die Rückenlehne baumeln. Sie war überzeugt, dass Frodo August ihnen die Wahrheit aufgetischt hatte, aber trotzdem blieb der Eindruck zurück, dass er ihnen gegenüber nicht ganz aufrichtig gewesen war.

Sie musste an Konrad Maizelmann denken, und daran, dass sich seine Erwartung, die er in sie, Ruth, gesetzt hatte, gerade erfüllt hatte. Sie hatte die wahre Geschichte dieses Netzes ans Tageslicht gebracht. Das Fischernetz in Konrads Ausstellungsraum war mehr als nur ein Unglücksbringer, der einen tödlichen Unfall verursacht hatte. Vielmehr war es das Werkzeug eines Mordes durch unterlassene Hilfeleistung gewesen.

Dörte stieß sich von der Spüle ab. »Den Straftatbestand der unterlassenen Hilfeleistung mit Todesfolge gibt es nicht«, sagte sie. »Allerdings kämen in Ihrem Fall die Straftatbestände der

Körperverletzung mit Todesfolge durch Unterlassen oder die fahrlässige Tötung durch Unterlassen in Betracht.«

Frodo riss besorgt die Augen auf. »Aber, ich habe doch bloß …« Seine Stimme brach. »Ich hätte Ihnen das alles nie erzählen dürfen!«, sagte er verbittert.

Ruth bedachte Dörte mit einem fragenden Blick, aber die ließ sich nicht beirren, sah den pensionierten Fischer von oben herab an. »Die Strafbarkeit, der eben von mir genannten Strafbestände, verjährt nach fünf Jahren allerdings«, sagte sie neutral.

Frodo rieb sich den Hals. »Der Vorfall an Bord der *Granate* liegt zehn Jahre zurück«, sagte er mit einer Spur Erleichterung in der Stimme.

»Vielfach greifen jedoch Unterbrechungstatbestände, die können die Verjährung bis zu zehn Jahre verlängern«, fuhr Dörte fort.

»Was?« Frodo sprang auf, sein Gesicht verlor an Farbe.

Dörte sah ihn streng an und ein bisschen so, als gönnte sie dem pensionierten Fischer den Schrecken, den sie ihm beschert hatte.

»Die Unterbrechungstatbestände kommen bei Ihnen nicht zum Tragen«, fühlte Ruth sich gedrängt zu erklären, denn sie konnte nicht länger mit ansehen, wie sehr Frodo die Worte der Oberkommissarin in Panik versetzten. »Die gelten nur, wenn der Verjährung aufgrund eines langwierigen Gerichtsprozesses, Ermittlungen oder Ähnlichem entstanden ist. Derartiges gab es in Ihrem Fall allerdings nicht.«

Frodo ließ sich schwer auf den Küchenstuhl fallen und stierte wirr vor sich hin. Er war völlig durcheinander und unfähig, einen Ton von sich zu geben.

Ruth bedeutete Dörte, ihr auf den Flur zu folgen. »Was sollte das?«, fragte sie befremdet. »Sie wussten genau, dass dieser Strafbestand verjährt ist.«

Dörte machte eine finstere Miene. »Und genau aus diesem Grund wollte ich ihn ein bisschen leiden lassen, als Strafe für sein Fehlverhalten, das rechtlich für ihn jetzt keine Konsequenzen haben wird.«

Ruth schüttelte missbilligend den Kopf. »Tido Looke und Frodo August wollten Heiner Harm für seinen Fehltritt ebenfalls leiden lassen. Dabei ist er ums Leben gekommen«, erwiderte sie.

Dörte bewegte unbehaglich die Schultern und wich Ruths Blick aus. »Sie finden mein Verhalten anmaßend«, stellte sie fest.

»Ich finde es unangebracht.« Ruth deutete zum Wohnzimmer hinüber. »Sie werden Keno Harm jetzt erzählen, was wir von Herrn August erfahren haben. Und diesmal bleiben Sie neutral und verhalten sich korrekt!«

Dörte nickte verstimmt, drehte sich weg und ging ins Wohnzimmer.

»Und sagen Sie Hagen, dass er zu mir rauskommen soll!«, rief Ruth ihr nach.

*

Ruth und Hagen standen vor der Hintertür am Ende des Hausflurs. Von hier aus würden sie sofort sehen, wenn Keno Anstalten machte, in die Küche zu rennen, um Frodo erneut anzugehen. Bisher war jedoch alles ruhig geblieben. Offenbar hörte er sich erst einmal an, was Dörte ihm über die Unterhaltung mit Frodo zu berichten hatte.

Kurz schilderte Ruth ihrem Partner, was sich an Bord der *Granate* in jener Nacht tatsächlich zugetragen hatte. »Eine tragische Geschichte«, sagte sie abschließend. »Ich werde allerdings den Eindruck nicht los, dass Frodo August uns noch irgendetwas verschwiegen hat.«

»Sollen wir ihn noch einmal in die Mangel nehmen?«, erkundigte sich Hagen.

Ruth schüttelte den Kopf. »Er ist ziemlich angeschlagen. Wir werden ihn vorerst in Ruhe lassen. Frau Langhaas hat ihm mit ihren unangebrachten strafrechtlichen Androhungen stark verstört.«

»Die Oberkommissarin ist sehr voranpreschend«, urteilte Hagen vorsichtig. Seine Miene wurde ernst. »Ich habe vorhin die Zeit genutzt und Keno ein wenig ausgefragt. Auch wenn die Frage mit der Tatwaffe noch nicht geklärt ist, wäre es theoretisch denkbar, dass er gestern auf Peer Wieler geschossen hat, denn er war ja nicht an Bord der *Greetchen* gewesen, sondern hatte sich in Greetsiel herumgetrieben. Er behauptet, sich zum Zeitpunkt des Anschlags vor Frodo Augusts Haus aufgehalten zu haben, um einen günstigen Zeitpunkt abzupassen, sich ihn zu schnappen und die Wahrheit aus ihm herauszuquetschen.«

»Gibt es dafür Zeugen?«, wollte Ruth wissen.

»Wahrscheinlich nicht. Keno hatte sich bemüht, keine Aufmerksamkeit zu erregen und sich im Verborgenen gehalten. Er hat uns später sogar dabei beobachtet, wie wir bei Herrn August auftauchten und ihn in Gewahrsam nahmen. Anschließend hat er angeblich drauf gewartet, dass Frodo wieder auf freien Fuß kam.«

»Die ganze Nacht über?«, wunderte sich Ruth.

»Seinen Angaben nach hat er sich zu Hause ein paar Stunden aufs Ohr gehauen und ist frühmorgens dann aufgestanden, um unsere Polizeiwache zu beobachten. Und als es heute endlich so weit war, und Frodo August freikam, hat er die Gelegenheit beim Schopf ergriffen und sich ihn in seinem Haus vorgeknöpft.«

»Keno hätte durchaus genug Zeit gehabt, den Schuss auf Herrn Wieler abzufeuern«, resümierte Ruth. »Dem muss unbedingt nachgegangen werden!«

»Keno beharrt darauf, dass er und sein Bruder kein Gewehr besitzen. An Bord der *Greetchen* habe ich keine Waffe gefunden, und die Taucher haben im Hafenbecken ebenfalls nichts entdeckt« Hagen legte die Hand auf seine Jacke. »Den Durchsuchungsbeschluss für den Kutter und das Wohnhaus der Brüder habe ich bei mir«, erläuterte er. »Es ist längst überfällig, ihren Kahn erneut zu durchsuchen und sich in dem Haus umzusehen.«

Ruth nickte beipflichtend. »Das werden Sie und Dörte übernehmen«, bestimmte sie. »Ich statte derweil Rieke Looke einen Besuch ab. Ich habe den Verdacht, dass sie mehr in diesen Fall involviert ist, als es zuerst den Anschein hatte.«

Hagen nickte eifrig. »Ich habe vor Stunden schon darauf hinweisen wollen, dass wir die Ehefrau des Mordopfers unbedingt verhören sollten.«

Ruth legte ihm begütigend eine Hand auf die Schulter. »Das habe ich nicht vergessen«, versicherte sie und sah dann auf ihre

Armbanduhr. »Ich werde jetzt aufbrechen«, verkündete sie. »Ich verlasse mich darauf, dass Sie und Dörte die Sache hier zufriedenstellend zu einem Ende führen. Anschließend beginnen Sie dann mit den fälligen Durchsuchungen.«

Kapitel 7

Es dauerte eine Weile, bis Ruth herausgefunden hatte, wo sich Rieke Looke zurzeit aufhielt. Zu Hause war sie nicht anzutreffen gewesen. Aber die Befragung einer Nachbarin brachte schließlich Klarheit: Die Witwe weilte schon den ganzen Tag über in der Nähe der Netzflickerstatue.

Als die Hauptkommissarin beim Aussichtspunkt des Greetsieler Yachthafens eintraf, fand sie Rieke allein auf einer der Parkbänke sitzend vor. Die Statue des Netzflickers war mit einem rot-weiß gestreiften Plastikband kreisförmig umgeben. Alice Bergmann hatte diese Absperrung aus Pietätsgründen angebracht, was Ruth ausdrücklich befürwortete. Es wäre den Hinterbliebenen des Mordopfers gegenüber respektlos gewesen, wenn sie hätten mitansehen müssen, wie sich Touristen an der Seite der Statue fotografieren ließen und sich zu diesem Zweck genau dorthin setzten, wo tags zuvor ein von ihnen geliebter Mensch ums Leben gekommen war.

Dass diese Maßnahme angebracht war, bewies Riekes Anwesenheit beim Aussichtspunkt und die Tatsache, dass sie die Statue unverwandt ansah und die Hauptkommissarin erst bemerkte, als diese direkt vor ihr stand.

»Darf ich mich zu Ihnen setzen?«, fragte Ruth.

Rieke schniefte und legte die Hand dann kurz neben sich auf die leere Sitzfläche. »Bitte schön«, sagte sie leise.

Ruth nahm Platz. Einen Moment lang saßen die beiden Frauen schweigend nebeneinander und sahen zur Statue hinüber.

»Haben Keno und Tim meinen Mann umgebracht?«, fragte Rieke nach einer Weile.

»Die Ermittlungen laufen noch«, erwiderte Ruth. »Ich kann Ihnen daher nichts dazu sagen.«

Rieke drehte den Kopf und sah die Hauptkommissarin von der Seite an. »Was wollen Sie von mir?«, erkundigte sie sich unumwunden.

»Ich hatte ein ausführliches Gespräch mit Frodo August«, erklärte Ruth und blickte der Witwe offen ins Gesicht. »Hatten Sie ein Verhältnis mit Heiner Harm?«

Rieke errötete leicht. »Das ist lange her.«

Ruth behielt die Augen ihres Gegenübers fest im Blick. Rieke stierte sie an, als würde sie ein stummes Duell mit ihr abhalten, als versuchte sie zwanghaft, sich gegen die Kriminalistin zu behaupten.

»Ihr Mann … er hat Ihnen erzählt, was sich wirklich an Bord der *Granate* abgespielt hatte, nicht wahr«, mutmaßte Ruth.

Riekes Blick wurde höhnisch. »Das musste er. Andernfalls hätte er mich damals wegen meines kleinen Seitensprungs kaum zur Rede stellen können. Er wusste vorher davon nämlich gar nichts. Nur weil Heiner so dumm gewesen war, meinem Mann in jener Fangfahrtnacht an den Kopf zu werfen, dass er mit mir geschlafen hatte, erfuhr er von dieser Sache.« Rieke zupfte mit spitzen Fingern an dem Taschentuch herum, das sie in der geschlossenen Faust der anderen Hand hielt. »Es hatte Streit zwischen ihnen gegeben, und um Tido eins auszuwischen, sagte Heiner ihm, dass er mit mir im Bett gewesen ist.« Sie schluckte trocken, ohne den Blick zu senken. »Und dann kam eins zum anderen. Wie die Sache ausging, wissen Sie ja.«

»Hauptkommissar Wieler gegenüber haben Sie geschwiegen«, stellte Ruth fest.

Rieke zuckte mit den Schultern. »Ich hätte das Leben meines Mannes zerstört, wenn ich ausgesagt hätte. Und mir hätten die Leute eine Mitschuld an dem Vorfall gegeben – weil ich meinem Mann untreu gewesen war.«

»Keno und Tim Harm haben bis heute darunter zu leiden gehabt, dass sie die Wahrheit über den Tod Ihres Vaters nicht kannten. War Ihnen das egal?«

Riekes Blick wurde noch um eine Spur stechender, aber die Frage der Hauptkommissarin ließ sie unbeantwortet. Schließlich verzog sie geringschätzig den Mund. »Dass Frodo jetzt mit der Wahrheit rausgerückt ist, wundert mich nicht«, sagte sie bitter. »Schließlich erhält er von meinem Mann seit zwei Monaten kein Schweigegeld mehr.«

Ruth furchte die Stirn, was Rieke nicht entging. Sie lachte unfroh. »Davon hat er Ihnen natürlich nichts erzählt«, stellte sie mit einem Tonfall fest, der verriet, dass sie es nicht anders erwartet hatte.

»Nein, das hat er nicht.« Ruth hatte genug von dem Augenduell, streckte die Beine aus und sah zur Netzflickerstatue hinüber. Beinahe hätte sie sich verschluckt, als sie Konrad Maizelmann vor der Absperrung stehen sah. Er hielt eine professionelle Kamera in den Händen und schoss Fotos von der Bronzeplastik. Dabei gebärdete er sich wie ein Polizeifotograf, der bemüht war, einen Tatort so gründlich wie möglich abzulichten.

Ruth spürte plötzlich Anspannung in sich aufsteigen, denn sie beschlich das Gefühl, dass Konrad nicht zufällig genau jetzt aufgetaucht war, um für seine makabre Sammlung Fotos von einem Ort zu schießen, an dem ein Mord begangen wurde. Was, wenn er gleich zu ihr herüberkam und Fragen über den Stand der Ermittlungen stellte?

»Es ist erst etwa drei Monate her, als ich herausfand, dass Tido Frodo monatlich Geld überwiesen hat«, hörte sie Rieke an ihrer Seite sagen. »Diese Überweisungen begannen kurz nach dem unglücklichen Vorfall an Bord der *Granate*. Als ich meinen Mann nach dieser Entdeckung zur Rede stellte und von ihm hören musste, dass es sich um Schweigegeld handelte, drängte ich ihn, diese Zahlungen einzustellen.«

Konrad Maizelmann umrundete die Statue, während er unaufhörlich fotografierte. Als er kurz aufschaute und sein Blick den der Hauptkommissarin kreuzte, nickte er ihr kaum merklich zu und fuhr dann mit seiner Tätigkeit fort.

»Ich glaube trotzdem nicht, dass Frodo August meinen Mann erschossen hat«, fuhr Rieke derweil fort. »Nur weil die Zahlungen ausblieben, würde er seinen ehemaligen Freund nicht gleich umbringen. Ganz anders sieht es bei Keno und Tim aus. Die hatten einen triftigen Grund, Tido was anzutun. Womöglich hatte Frodo ihnen aufgrund der ausbleibenden Schweigegeldzahlungen verraten, welche Umstände in Wahrheit zum Tod ihres Vaters geführt haben. Daraufhin beschlossen Sie, meinen Mann mit dem Tode zu bestrafen!«

Rieke berührte Ruth am Oberarm. »Hören Sie mir überhaupt zu?«, fragte sie befremdet.

»Natürlich höre ich Ihnen zu.« Erneut wandte sich Ruth der Frau zu. »Sie können mir glauben: Weder Keno noch Tim kannten die Wahrheit über den Tod ihres Vaters. Davon haben sie erst heute erfahren. Ich war dabei, als es geschah.« Ruth beließ es bei dieser vereinfachten Version der Geschichte, um nicht zu viel von der Ermittlungsarbeit zu verraten. Das Verhalten der Brüder ließ ihres Erachtens keine Zweifel daran zu, dass ihnen die wahren Fakten tatsächlich nicht bekannt gewesen waren.

»Die Harm-Brüder sind die Einzigen, die ein Mordmotiv gehabt haben!«, wurde Rieke jetzt aufbrausend. »Ich glaube auch zu wissen, welche Waffe sie benutzt haben, um meinen Mann zu erschießen!«

Ruth sah die Witwe befremdet an. »Und zwar?«

»Tido … er hatte ein Gewehr«, haspelte Rieke aufgeregt. »Eines mit Scharfschützenaufsatz und so. Er hatte es sich als Erinnerung an seine Ausbildung gekauft. Benutzt hatte er es nie, nur hin und wieder mal angeschaut und gereinigt. Und dieses Gewehr … es ist jetzt fort!«

»Fort?«, fragte Ruth perplex. »Wie meinen Sie das?«

»Tido verwahrte die Waffe in seinem Hobbykeller in einem Spezialschrank, wie es vorgeschrieben ist. Als ich heute nach-schaute, musste ich feststellen, dass dieser Schrank aufgebrochen wurde. Das Gewehr mitsamt dem Zubehör und der Munition ist weg, die Schrankfächer sind komplett leer!«

Ruth sprang auf. »Und das sagen Sie mir jetzt erst?!«, rief sie entgeistert.

Rieke hob verzagt eine Schulter. »Ich habe es vorhin erst bemerkt. Ich wollte es melden.« Sie tupfte mit einem Taschentuch Tränen aus ihren Augenwinkeln. »Aber zuerst musste ich hierher, zur Netzflickerstatue, wo mein Liebster …« Sie schnäuzte in ihr Taschentuch.

»Was glauben Sie, wie lange dieses Gewehr schon weg ist?«, fragte Ruth.

Rieke zuckte mit den Schultern. »Das kann ich Ihnen nicht sagen. Ich gehe nur selten runter in Tidos Hobbykeller. Da steht alles voll mit Teilen, die er aus seinem Kutter ausgebaut hatte, bevor er ihn verschrotten ließ – ein heilloses Durcheinander.«

»Wann waren Sie zuletzt dort?«, hakte Ruth nach.

»Vor drei Monaten vielleicht. Da war der Waffenschrank noch intakt gewesen.«

»Ihr Mann würde es Ihnen doch bestimmt erzählt haben, wenn ihm aufgefallen wäre, dass sein Gewehr gestohlen wurde.«

Rieke furchte die Stirn. »Sicherlich hat Tido mir diese Sache verschwiegen, weil er mich nicht beunruhigen wollte. Ich verabscheue Waffe, müssen Sie wissen.«

»Haben Sie an der Haustür denn irgendwann Einbruchsspuren entdeckt?«

»Nein«, sagte Rieke. »Wenn es die gegeben haben sollte, hat Tido sie bestimmt sofort beseitigt und alles repariert.«

»Ich muss mir den Waffenschrank Ihres Mannes unbedingt ansehen«, sagte Ruth.

Rieke atmete tief durch. »Tun Sie das. Es hat mich große Überwindung gekostet, in diesen Keller zu gehen. Ich habe es nur getan, um einen letzten Blick hineinzuwerfen, ehe ich Abbe Larsen bitten wollte, den Hobbyraum meines Mannes zu räumen. Er hat bestimmt noch Verwendung für den ganzen Krempel, den Tido dort gehortet hatte, schließlich hatte er meinem Mann manchmal etwas von dem abgekauft, was von der *Granate* übrig geblieben war.«

Rieke stand auf und hängte sich die Handtasche über die Schulter. »Ich muss jetzt auf den Markt und ein paar Besorgungen machen, bevor er schließt«, erklärte sie. »In spätestens einer Stunde werde ich wieder zu Hause sein. Dann können Sie sich den Hobbykeller meines Mannes in aller Ruhe ansehen.« Sie nickte der Hauptkommissarin freundlich zu und ging davon. Während sie den Deich hinauf schritt, warf sie der Netzflickerstatue noch einen letzten Blick zu. Ihre Miene verfinsterte sich, als sie Konrad Maizelmann Fotos von dem Ort machen sah, an dem ihr Mann den Tod gefunden hatte.

*

Ruth blieb auf der Bank sitzen. Wie sie es nicht anders erwartet hatte, beendete Konrad Maizelmann seine Fotosession und schlenderte auf sie zu. Mit dem Daumen deutete er hinter sich auf die Bronzestatue. »Glauben Sie, die Gemeindeverwaltung wird bereit sein, mir diese Statue abzutreten, wenn ich einen angemessenen Preis dafür zahle?«

Ruth hob eine Augenbraue. »Wollen Sie den Netzflicker etwa in Ihre Sammlung aufnehmen?«

Als wären sie alte Bekannte, setzte sich Konrad unaufgefordert neben die Hauptkommissarin. »Ich würde die Bronzestatue direkt vor dem Fischernetz der *Granate* platzieren«, sagte er und bewegte den Arm dabei großspurig durch die Luft, als stünde er in seinem Ausstellungsraum und würde Ruth das neue, von ihm erdachte Arrangement präsentieren. Er sah sie von der Seite an. »Dieses Fischernetz und die Netzflickerstatue gehören aus kriminalistischer Sicht gesehen zusammen, da geben Sie mir doch recht, oder?«

Ruth überhörte diesen Versuch, ihr Informationen über den Mordfall Tido Looke zu entlocken. »Greetsiel wäre um eine Sehenswürdigkeit ärmer, wenn die Netzflickerstatue in Ihrer Privatsammlung verschwände«, sagte sie stattdessen.

Konrad zuckte gleichmütig mit den Schultern. »Nur ich weiß ihre wahre Bedeutung wertzuschätzen, die ihr nach dem Mord an Tido Looke nun zugekommen ist. Da das Fischernetz der *Granate* bereits in meinem Besitz ist, wäre es nur recht und billig, wenn mir die Bronzefigur auch überlassen würde.«

»Warum glauben Sie, dass es zwischen diesem Netz und dem Mord an Tido Looke unbedingt einen Zusammenhang gibt?«, drehte Ruth den Spieß nun um.

Konrad lächelte freundlich. »Liegt das nicht auf der Hand? Warum sonst hätte der Mörder diese Statue als Tatort auswählen sollen? Es ist ein versteckter Hinweis, warum Tido Looke hat sterben müssen.«

»Warum sollte der Täter ein Interesse daran haben, seine Motive irgendjemanden auf diese Weise mitzuteilen?«, erkundigte sich Ruth.

»Weil er möchte, dass seine Tat wertgeschätzt und der Kontext erkannt wird, in dem der Mord begangen wurde«, antwortete Konrad. Er legte die Hand auf seine Brust. »Von Leuten wie Sie und mir zum Beispiel, Leute, die es verstehen, die Zeichen richtig zu deuten.«

»Ihrer Ansicht nach nimmt es der Mörder also in Kauf, von der Polizei aufgrund seiner Hinweise überführt zu werden, nur damit seine Tat gewürdigt und der Zusammenhang erkannt wird?«

»Für mich sieht es ganz danach aus«, bestätigte Konrad.

Ruth sah den Sammler prüfend an. »Der Kontext, von dem Sie eben gesprochen haben, worin besteht der Ihrer Meinung nach?«

»Das wissen Sie doch selbst!«, rief Konrad belustigt. Er nickte ernst. »In Ordnung. Ich tue Ihnen den Gefallen und werde es Ihnen auseinandersetzen: Tido Looke musste sterben, weil er Heiner Harm während jener schicksalsträchtigen Fangfahrt an Bord der *Granate* ermordet hat. Das Fischernetz in meiner Sammlung diente dabei als Tatwaffe.« Er schien in Ruths Gesicht zu suchen. »Es war kein Unfall, das haben Sie inzwischen herausgefunden, nehme ich an.« Er deutet auf ihr Antlitz. »Ich kann es Ihnen ansehen, dass es so ist.«

»Wenn Sie meinen«, gab sich Ruth reserviert.

Konrad lächelte nachsichtig. »Natürlich können Sie mir das zum jetzigen Zeitpunkt der Ermittlungen nicht verraten, das verstehe ich. Diese Bestätigung brauche ich aber auch gar nicht mehr. Für mich steht fest, dass Tido Looke ermordet wurde, weil er selbst ein Mörder war, ein Mörder mit einem Fischernetz als Tatwaffe.«

»Wenn das wahr wäre, müsste Tido Looke von jemanden ermordet worden sein, der zweifelsfrei davon ausgeht, dass dieser angebliche Unfall an Bord der *Granate* in Wahrheit ein Mord gewesen war«, fasste Ruth zusammen. Sie wusste selbst nicht so genau, warum sie das Gespräch mit Konrad in dieser Weise überhaupt fortsetzte. Diese ganzen Überlegungen, die hier zur Sprache kamen, hatte sie in Gedanken schon x-mal durchgekaut.

»Oder es war jemand, der dies für sehr wahrscheinlich hält«, sagte Konrad.

»Dafür kommen nicht allzu viele Personen infrage«, gab Ruth zu bedenken.

»Wer letztendlich dazugehören könnte, darüber weiß ich natürlich nichts.« Konrad nickte Ruth zu. »Das zu eruieren, ist Aufgabe der Polizei.«

»Und warum wurde Tido Looke ausgerechnet jetzt ermordet und nicht schon viel früher?« Ruth konnte einfach nicht aufhören, dem Faden dieser Unterhaltung zu folgen.

Konrad zuckte mit den Schultern. »Irgendetwas ist eingetreten, was dem Mörder Gewissheit über Tido Lookes Verbrechen gegeben hat und ihn so zum Handeln zwang.«

»Man merkt Ihnen an, dass Sie sich in Ihrem Leben vielleicht ein wenig zu intensiv mit Kapitalverbrechen beschäftigt haben«, brachte Ruth das Thema nun zu einem Ende.

Konrads Stirn umwölkte sich. »Ich frage mich allerdings gerade, warum Sie diese Unterhaltung überhaupt mit mir führen. Meine Gedankengänge waren sicherlich nicht neu für Sie und haben Ihnen keinerlei Nutzen gebracht.«

Ruth lag die Bemerkung auf der Zunge, dass sie es womöglich deshalb getan hatte, weil sie Konrad als Person interessant fand. Aber der Sammler kam ihr zuvor: »Sie wollten mich prüfen, mir auf den Zahn fühlen«, sagte er wie in plötzlicher Erkenntnis. Unbehaglich drückte er den Rücken durch. »Verdächtigen Sie mich etwa, mit diesem Mord etwas zu tun zu haben?«

Ruth blinzelte indigniert. »Ähm, warum sollte ich?«

Konrad kratzte sich verlegen den Hals. »Wegen meiner sonderbaren Sammlerleidenschaft«, sagte er zurückhaltend. »Sie könnten glauben, ich hätte diesen Mord verübt, um das Fischernetz aufzuwerten. Dieses Exponat ist der einzige Gegenstand mit ungeklärtem Mordzusammenhang in meiner Sammlung.«

»Und um den herzustellen, bringen Sie einen Menschen um?« Ruth sah Konrad abschätzend an. »Würden Sie sich selbst ein solches Verbrechen denn zutrauen?«

»Nein, natürlich nicht!«, beeilte sich Konrad zu versichern. »Aber *Sie* könnten glauben, dass ich dazu fähig wäre.«

Ruth machte ein nachdenkliches Gesicht. »Vielleicht sollte ich das.«

Konrad seufzte verzweifelt. »Was habe ich da nur angestellt? Vergessen Sie bloß, was ich gesagt habe!«

Ruth lächelte, wollte den Mann beschwichtigen, doch da klingelte ihr Handy. Weil der besondere Klingelton ihr verriet, dass Hagen der Anrufer war, stand sie auf. »Entschuldigen Sie mich bitte«, sagte sie zu Konrad und ging auf die Netzflickerstatue zu, die von den Besuchern zurzeit gemieden wurde, sodass sie dort ungestört telefonieren konnte.

*

»Wir sind zuerst zum Haus der Brüder aufgebrochen und haben Keno mitgenommen«, erzählte Hagen. »Dörte und ich hielten es für eher unwahrscheinlich, dass wir an Bord der *Greetchen* etwas Verdächtiges finden würden, denn der Kutter war ja auf hoher See, als auf Herrn Wieler geschossen wurde. Aus diesem Grund sind wir also zuerst zum …«

»Kommen Sie bitte zur Sache, Hagen«, unterbrach Ruth ihren Partner. Erläuterungen von offenkundigen Sachverhalten hatte sie aus Konrad Maizelmanns Mund gerade genug vernommen, und nun hatte sie keine Geduld mehr, Hagens Ausschweifungen zu folgen.

»Wir haben die Zimmer eines nach dem anderen durchsucht«, fuhr Hagen leicht irritiert fort. »Keno war ziemlich ungehalten und fragte uns ständig, was wir zu finden hofften, da er und sein Bruder mit dem Mord an Tido Looke und dem Anschlag auf Herrn Wieler doch nichts zu tun hatten. Aber davon …«

»Hagen!«, drängte Ruth enerviert.

»Nun ja. Und dann … dann haben wir tatsächlich was gefunden.« Hagen war hörbar aus dem Konzept gekommen. »Ein Gewehr … es lag unter einer alten Anrichte im Wohnzimmer. Keno muss in ziemlicher Eile gewesen sein und hatte die Waffe kurzerhand unter das Möbelstück geschoben. Die Munition fanden wir dann in einer Schublade des Büfetts.«

»Das ist ja ein Ding!«, entfuhr es Ruth. Sie drehte sich um, doch Konrad hatte sich inzwischen von der Parkbank erhoben und ging den Deich Richtung Dorfkern hinunter. Sein Gang war zögernd und unsicher, als hätte er mit seinen Gedanken zu kämpfen.

»Es ist ein Scharfschützengewehr mit Laserzielvorrichtung«, berichtete Hagen. »Keno beteuert, nicht zu wissen, wie die Waffe in sein Haus gekommen ist. Er meinte, dass jemand ihnen dieses

Gewehr untergeschoben hätte.« Hagen gab einen unbestimmten Laut von sich. »Auszuschließen wäre das nicht, denn die Brüder verwahren ihren Hausschlüssel unter der Fußmatte – das ist unglaublich. Aber ich habe es selbst gesehen.«

»Das könnte auch bloß inszeniert gewesen sein«, gab Ruth zu bedenken.

»Wie auch immer. Dörte hat Keno die Handschellen jedenfalls wieder angelegt, die sie ihm in Frodo Augusts Haus vorher abgenommen hatte.«

»Schicken Sie mir umgehend ein Foto dieser Waffe auf mein Handy«, forderte Ruth ihren Partner auf.

»Wird sofort erledigt.«

Um Hagen und Dörte auf dem Laufenden zu halten, erzählte Ruth jetzt von ihrem Gespräch mit Rieke Looke.

»Dann könnte es sich bei dem von uns sichergestellten Gewehr ja vielleicht um die Waffe handeln, die aus Tido Lookes Waffenschrank entwendet wurde«, sagte Hagen aufgeregt.

Ruths Handy gab ein »Pling« von sich. Das Foto, das Hagen von dem Gewehr gemacht hatte, war auf ihrem Gerät eingetroffen.

»Das werden wir in Kürze wissen«, sagte Ruth. »Ich melde mich, wenn es so weit ist. Bringen Sie Keno Harm derweil bitte in die Arrestzelle, Hagen.«

»Nichts anderes hatte ich vor«, gab dieser leicht angesäuert zurück und unterbrach die Verbindung.

Ruth verstaute ihr Handy und marschierte los. Sie wollte nicht warten, bis sie Rieke bei ihrem Haus antraf, stattdessen wollte sie sie auf dem Markt abpassen, um ihr das Foto des Gewehrs zu zeigen, das bei den Harm-Brüdern sichergestellt worden war.

*

Die Anzahl der Marktstände war überschaubar, der Besucherandrang dagegen enorm. Ruth reckte den Hals und spähte aufmerksam umher, trotzdem konnte sie Rieke nirgendwo ausmachen. Mehrmals schritt sie die Reihe der Stände ab, wo frisches Gemüse ebenso angeboten wurde wie Fisch, Fleischwaren und Blumen. Sie zwängte sich an den Menschenschlangen vor den Auslagen vorbei und bahnte sich einen Weg durch den Strom der Besucher. Von der Witwe war aber weit und breit nichts zu sehen.

Vielleicht hatte Rieke ihren Einkauf bereits abgeschlossen und war nach Hause gegangen, überlegte Ruth. Sie wollte dem Marktplatz gerade den Rücken kehren, als sie plötzlich mit Felix zusammenstieß.

Der Kapitän der Wasserschutzpolizei schloss Ruth spontan in die Arme. »Das Schicksal ist gnädig mit mir«, sagte er vergnügt. »Es sorgt dafür, dass du mir immer wieder über den Weg läufst.«

»Was machst du hier?«, fragte Ruth.

Felix ließ von ihr ab und drehte sich halb um, sodass Ruth den Rucksack auf seinem Rücken sehen konnte. »Ich kaufe ein«, erläuterte er. »Heute Abend wollte ich uns etwas besonders Schönes zu Essen zaubern. Morgen muss ich auf Revierfahrt und werde mit der *Radbod* einige Tage auf dem Meer unterwegs sein.«

Ruth seufzte. Natürlich hatte Felix ihr davon erzählt, wegen der Arbeit an dem neuen Mordfall hatte sie dann aber nicht mehr daran gedacht.

»Du wirst heute Abend doch wohl hoffentlich zu mir in dein Deichhaus kommen?«, erkundigte er sich.

»Ich werde es versuchen«, sagte Ruth. »Sei bitte nicht zu enttäuscht, falls ich erst spät nach Hause komme.«

Felix hauchte ihr einen Kuss auf die Stirn. »Dann will ich dich lieber nicht länger von der Verbrecherjagd abhalten.« Er sah sie fragend an. »Darum hast du den Greetsieler Markt aufgesucht, nicht wahr?«

Ruth seufzte erneut. »Das hast du richtig erkannt.« Sie sah sich um und musste feststellen, dass sie die Schönheit des bunten Treibens erst jetzt wirklich wahrnahm, weil sie vorher nur nach Rieke Ausschau gehalten hatte. Für die charmante Atmosphäre und das besondere Flair des Greetsieler Wochenmarktes war sie gänzlich unempfänglich gewesen.

Sie wünschte, an Felix Seite entspannt über den Platz schlendern zu können und sich treiben zu lassen. Aber dafür war jetzt keine Zeit. Sie drückte Felix' Hand zärtlich. »Bis heute Abend – hoffentlich«. Mit diesen Worten wandte sie sich ab und schob sich durch die Menschenmenge auf das Ende des Markts zu. Dort angekommen machte sie sich auf den Weg zur anderen Seite des Neuen Greetsieler Außentiefs. Bis zur Straße Am Bollwerk, wo sich das Wohnhaus der Lookes befand, war es nicht mehr weit.

*

Kurze Zeit später klingelte Ruth an der Haustür, wartete dann allerdings vergebens darauf, dass ihr geöffnet wurde. Rieke Looke war offenbar noch nicht nach Hause gekommen.

Ruth nahm daraufhin das Türschloss genauer in Augenschein, konnte daran jedoch keine Schäden feststellen, wie sie bei einem Einbruch entstehen würden. Sie umrundete das Gebäude, begutachtete die Fenster und schließlich auch die Hintertür. Alles war in tadellosem Zustand.

Als Ruth zur Haustür zurückkehrte, sah sie Rieke die Straße hinaufkommen. In ihrer linken Armbeuge hielt sie eine prall gefüllte Papiertüte, aus der oben ein paar Kartoffeln hervor-schauten.

»Da sind Sie ja schon!«, rief Rieke der Hauptkommissarin freundlich zu.

Ruth unterdrückte den Impuls, die Frau zu fragen, wo sie gewesen war. Dass sie direkt vom Markt kam, daran ließ die Tüte mit den frischen Kartoffeln keinen Zweifel aufkommen. Vorher musste Ricke woanders gewesen sein, da war Ruth sich sicher, denn auf dem Markt hatte sie sie nicht angetroffen.

Rieke schloss die Tür auf, ließ sie für Ruth offen stehen und ging ins Haus.

»Ich muss mich erst einmal daran gewöhnen, dass ich jetzt nur noch für eine Person kochen muss«, sagte sie, während sie in die Küche ging. Sie legte die Tüte auf den Tisch und wandte sich der Hauptkommissarin zu. »Ich vermisse meinen Tido so sehr«, sagte sie mit tränenfeuchten Augen.

Ruth rief das Foto des bei den Harm-Brüdern sichergestellten Gewehrs auf ihrem Handy auf. »Haben Sie diese Waffe schon einmal gesehen?«, fragte sie und hielt der Frau das Display hin.

»Aber ja!«, rief Rieke. »Das ist Tidos Gewehr!« Sie zeigte auf das Handy. »Diese Intarsien und die Kratzspuren auf dem Griff ... es ist Tidos Waffe, kein Zweifel!« Sie sah Ruth an. »Haben Sie das Gewehr etwa gefunden?«

»Dazu kann ich Ihnen momentan nichts sagen.« Ruth besah sich das Foto jetzt genauer, vergrößerte den Ausschnitt des Schafts. Eine Einlegearbeit aus Perlmutt, die ein Fadenkreuz darstellte, verzierte den Kolben. Außerdem wies der Griff vier parallel verlaufende tiefe Kratzer auf, die den Eindruck erweckten, die Krallen eines kräftigen Tieres hätten sie verursacht.

»Ich zeige Ihnen den Hobbykeller meines seligen Mannes.« Rieke verließ die Küche und Ruth folgte ihr. In den Keller hinabgestiegen, öffnete Rieke eine Holztür und schaltete das Licht an, ohne den Raum jedoch zu betreten. »Ich werde da nicht noch einmal hineingehen«, sagte sie beklommen und trat beiseite, damit Ruth eintreten konnte.

Der Raum war vollgestellt mit Holzkisten und klobigen Teilen, die wahrscheinlich einst zur Ausstattung eines Krabbenkutters gehört hatten. Es waren die gleichen stark gedunkelten Teehandelskisten, von denen Ruth bereits welche im Büro des Antiquitätenhändlers gesehen, und die alten Kram von der *Granate* enthalten hatten. Die Kisten im Keller waren mit öligen Maschinenteilen und alten Werkzeugen gefüllt.

Den Waffenschrank entdeckte Ruth erst bei genauerem Hinsehen, denn es handelte sich um ein älteres, leicht ramponiertes Modell, sodass sie es zuerst für ein Möbelstück aus der *Granate* gehalten hatte.

Die Eisentür des schmalen, hohen Schrankes hatte kein Schloss mehr, es war offenbar mit einem Bohrer zerstört worden. Auf dem Boden davor konnte Ruth allerdings keine Eisenspäne entdecken.

Sie zog Einmalhandschuhe über und öffnete die Tür. Der Schrank war komplett leer geräumt.

»Ich benötige die Papiere«, sagte Ruth, während sie ein paar Fotos schoss. »Kaufbeleg, Waffenschein, et cetera.«

»Die lagen alle in dem Schrank«, erklärte Rieke, die im Kellergang stand und unbehaglich die Arme vor der Brust verschränkte. »Der Dieb hat alles mitgenommen.«

Ruth furchte unzufrieden die Stirn. »Das ist ärgerlich.«

»Dort, wo Sie das Gewehr meines Mannes entdeckt haben, werden Sie die Papiere vermutlich auch finden«, sagte Rieke gleichmütig.

Ruth ließ diese Bemerkung unkommentiert. Ob Hagen und Dörte diese Papiere bei der Durchsuchung des Hauses nicht entdeckt hatten, war natürlich möglich, wenn für sie auch schwer vorstellbar. »Wo waren Sie eigentlich, als Ihr Mann erschossen wurde?«, fragte sie die Witwe jetzt unvermittelt. »Ich muss Sie das fragen, das gehört zum üblichen Prozedere dazu«, beeilte sie sich hinzuzufügen, als sie Riekes erschreckten Gesichtsausdruck bemerkte.

Die Witwe rieb sich fröstelnd die Oberarme. »Da war ich in der Küche, das Frühstück für meinen Mann und mich vorbereiten«, erklärte sie. »Emma, meine Nachbarin, war mal wieder zu einem Klönschnack zu Besuch. Wir redeten über dies und dass …« Ihre Stimme wurde brüchig. »Während Tido … während er da draußen beim Netzflickerdenkmal ermordet wurde.« Sie wischte sich mit dem Arm über die Augen. »Tido aß immer warmen Porridge, wenn er von seinem frühmorgendlichen Spaziergang zurückkehrte. Diesmal wartete ich allerdings vergebens auf seine Heimkehr. Emma kam dann später noch einmal zu mir rüber und erzählte, dass bei der Netzflickerstatue ein Toter gefunden wurde. Ich ahnte Schlimmes und habe mich sofort auf den Weg dorthin gemacht.« Sie schniefte. »Wie es dann weiterging, wissen Sie ja. Alice Bergmann war so freundlich, mich zum abgesperrten Aussichtspunkt durchzulassen.«

»Sie müssen ziemlich lange auf Ihren Mann gewartet haben«, merkte Ruth an.

Rieke zuckte mit den Schultern. »Es war nicht ungewöhnlich, dass er herumtrödelte. Tido verlor sich manchmal in seinen Erinnerungen, wenn er bei der Netzflickerstatue war und kam erst nach Stunden zurück. Es gab also keinen Grund, warum ich mir hätte Sorgen machen müssen.«

»Wie lange war Ihre Nachbarin an jenem Morgen bei Ihnen gewesen?«, hakte Ruth nach. »Ich werde das nachprüfen müssen.«

»Emma … wir haben bestimmt zwei Stunden gequatscht. Nachdem sie gegangen war, klingelte sie zehn Minuten später erneut an meiner Tür und erzählt mir von dem Toten bei der Statue.«

Für die Tatzeit hatte die Witwe also ein Alibi, dachte Ruth. Sie verließ den Kellerraum, schloss die Tür und versah sie mit einem Polizeisiegel. »Die Kollegen der Spurensicherung werden sich den Waffenschrank noch einmal anschauen«, erklärte sie ihr Vorgehen.

Rieke nickte gefasst. »Verstehe.« Sie deutete nach oben. »Ich werde mir jetzt etwas zu Essen machen. Möchten Sie mir dabei vielleicht Gesellschaft leisten? Tido hat meine Kochkünste immer zu schätzen gewusst.«

»Danke, aber ich habe zu arbeiten«, lehnte Ruth das Angebot höflich ab.

Wenig später klingelte Ruth bei Emma Bockel an der Haustür. Sie hatte mit Riekes Nachbarin heute schon einmal gesprochen, als sie nach der Witwe gesucht hatte. Die Frau bestätigte, dass sie gestern Morgen drüben bei Rieke gewesen war, und erinnerte sich sogar noch genau an die Uhrzeiten. Die Witwe hatte für die Tatzeit also wohl tatsächlich ein Alibi.

Kapitel 8

»Jetzt ist es amtlich«, sagte Hagen Reese und lehnte sich, den Blick auf den Computerbildschirm gerichtet, zufrieden in seinen Bürosessel zurück. »Bei Tido Lookes Gewehr handelt es sich um die Tatwaffe. Sie wurde dafür verwendet, den Netzflicker zu töten, und kam auch beim Attentat auf Peer Wieler zum Einsatz.« Er sah zu Ruth Fasan auf, die, zusammen mit Dörte Langhaas, vor seinem Schreibtisch stand. »Das haben die Kollegen der Forensik uns gerade mitgeteilt.«

»Wie kann das sein, wenn sie das Gewehr noch gar nicht erhalten haben?«, wunderte sich Dörte. »Alice Bergmann ist mit ihrem Streifenwagen und der gestohlenen Waffe doch erst vor zwanzig Minuten nach Emden aufgebrochen.«

Hagen drehte den Bildschirm zu den beiden Frauen herum. Darauf war ein Polizeifoto der Waffe mit dem auffälligen Kolben zu sehen. »Das Gewehr konnte anhand der Projektile identifiziert werden, die ich gestern nach Emden brachte«, erläuterte er. »Die Kugel, die wir in Herrn Wielers Haus sichergestellt haben und die Kugel, die aus dem Schädel des Mordopfers geholt wurde, weisen einzigartige haarfeine Kratzer auf. Solche Abschürfungen entstehen immer, wenn ein abgeschossenes Projektil durch den Waffenlauf katapultiert wird, sie sind sozusagen der Fingerabdruck der verwendeten Schusswaffe.«

»Das weiß ja wohl jedes Kind«, beschied Dörte abfällig. »Bleiben Sie bei den Fakten, Hagen!«

»Das Muster der Kratzer auf den zwei untersuchten Projektilen ergab in den polizeilichen Datenbanken einen Treffer«, fuhr Hagen fort. »Das Gewehr kam vor etlichen Jahren schon einmal bei einem Verbrechen zum Einsatz. Bei einem Schusswechsel zwischen der Polizei und einem Waffennarr, der seine illegal erworbene Sammlung nicht hergeben wollte. Der Mann kam bei der Schießerei ums Leben und seine Waffensammlung wanderte in die Asservatenkammer der Polizei. Später sollten die Schusswaffen dann vernichtet werden.«

»Dabei scheint den Zuständigen ein Gewehr durch die Lappen gegangen zu sein«, merkte Dörte nachdenklich an. »Das ist eine schlimme Sache. Oft ist Korruption dabei im Spiel und die Waffen landen dann auf dem Schwarzmarkt.«

»Dort hatte Tido Looke das Gewehr wahrscheinlich auch her«, mutmaßte Ruth. »Oder er hat es im guten Glauben von einem seriösen Händler gekauft, der ihn betrogen hat. Das werden wir erst herausfinden, wenn wir die entsprechenden Kaufbelege gefunden haben.«

»Die es vielleicht aber gar nicht gibt, weil das Geschäft illegal über die Bühne ging«, warf Dörte ein.

Hagen verschränkte die Hände hinterm Nacken. »Rekapitulieren wir den Hergang des Geschehens hier in Greetsiel noch einmal«, forderte er seine Kolleginnen auf, um dann gleich mit seiner Version der Ereignisse zu beginnen: »Keno Harm hat Tido Looke das Gewehr gestohlen, um den Netzflicker, den er für den Tod seines Vaters verantwortlich machte, später damit zu erschießen. Den ehemaligen Hauptkommissar Peer Wieler wollte er ebenfalls umbringen, weil dieser damals nicht entschieden genug vorgegangen war, um das Verbrechen aufzudecken, das an Bord der *Granate* von Tido Looke verübt worden war.«

Hagen sah die Frauen fragend an, als erwartete er von deren Seite eine Stellungnahme.

»Keno könnte sich zu diesen Taten entschlossen haben, als er die Gelegenheit erhielt, durch Diebstahl an eine Schusswaffe heranzukommen«, ging Dörte auf Hagens Mutmaßung ein. »Ich kann mir gut vorstellen, dass Heiner Harms seinen Söhnen zu seinen Lebzeiten ein wenig von dem beigebracht hatte, was er während seiner Ausbildung zum Scharfschützen gelernt hatte. Keno und Tim dürften also wissen, wie ein Scharfschützengewehr zu handhaben ist.«

Ruth nickte beiläufig.

»Wir müssten nur noch beweisen, dass Keno oder vielleicht auch sein jüngerer Bruder Tim, das Gewehr aus Tido Lookes Waffenschrank entwendet hat«, sagte Hagen. »Und wie sie davon erfahren haben, dass Tido eine solche Waffe besitzt.«

Dörte wippte unternehmungslustig auf ihren Fußballen auf und nieder. »Fragen wir Keno doch einfach aus«, schlug sie vor.

»Er hat einen Anwalt verlangt, als wir ihn in die Arrestzelle gesperrt haben«, erinnerte Hagen seine Kollegin vom BKA.

Dörte zuckte mit den Schultern. »Dann soll er einen kriegen. Ich habe genug Erfahrungen mit solchen Verhören und werde die Wahrheit schon aus ihm herauskitzeln.«

*

Dörte Langhaas knöpfte zerknirscht ihr Jackett zu. »Morgen werde ich mir Keno noch einmal vornehmen«, verkündete sie. »Heut mag er noch alles abstreiten, aber irgendwann wird er sich in Unstimmigkeiten verstricken und dann ist er geliefert!«

»Ihre Verhörtaktik ist jedenfalls bemerkenswert«, sagte Hagen. »Es war aufschlussreich für mich, dabei sein zu dürfen.«

Dörte schaute Hagen prüfend an, als argwöhnte sie, dass seine Worte womöglich ironisch gemeint waren, denn ihre »bemerkenswerte Verhörtaktik« hatte leider nicht den gewünschten Erfolg gebracht. Unterstützt durch seinen Anwalt war Keno bei seinen bisherigen Aussagen geblieben. Mit dem Mord an Tido Looke und dem Mordversuch an Peer Wieler wollte er nichts zu tun gehabt haben. Auch beharrte er darauf, dass das Gewehr von einer fremden Person in sein Haus gebracht und dort versteckt worden war.

»Hätte nur noch gefehlt, dass Keno den tätlichen Angriff auf Frodo August auch noch geleugnet hätte«, scherzte Hagen. »Das hätte er sicherlich versucht, wenn wir ihn dabei nicht auf frischer Tat ertappt hätten.«

Dörte krauste die Stirn. Offenbar wurde sie nicht so recht schlau aus dem jungen Kommissar. »Ich gehe jetzt ins Hotel«, sagte sie an Ruth gerichtet, die an ihrem Computer Berichte geschrieben hatte, während das Verhör durchgeführt wurde. »Geben Sie mir unbedingt Bescheid, falls sich eine Wendung in unserem Fall abzeichnet. Ich bin die ganze Nacht über für Sie erreichbar.«

Ruth nickte freundlich. »Ich wünsche Ihnen eine gute Nacht, Frau Langhaas.«

Dörte zögerte einen Moment, verabschiedete sich dann und machte sich auf den Weg in ihr Hotel.

»Ich hatte in Erwägung gezogen, Frau Langhaas zu fragen, ob Sie in der Wache übernachten könnte, um auf Keno Harm aufzupassen«, sagte Hagen, nachdem die Oberkommissarin das Büro verlassen hatte. »Aber dafür fühlt sie sich sicherlich nicht zuständig.«

»Ich fürchte, ich muss *Sie* bitten, diesen Job zu übernehmen«, sagte Ruth und speicherte ihre Daten.

Hagen blies die Wangen auf. »Klar, mach ich«, fügte er sich dann aber. »Schließlich will ich Ihnen Ihren letzten Abend mit Felix nicht verderben.« Er machte ein nachdenkliches Gesicht. »Was machen wir denn jetzt mit Herrn Wieler?«, fragte er. »Der hockt die ganze Zeit oben im Bereitschaftszimmer und dreht Däumchen. Hätten wir ihn nicht längst nach Hause schicken sollen?«

»Nein.« Ruth fuhr den Computer herunter und stand auf. »Solange wir von Keno kein Geständnis haben, müssen wir weiterhin davon ausgehen, dass die Person, die Herrn Wieler ermorden wollte, da draußen noch herumläuft und vielleicht auf eine Gelegenheit wartet, nachzuholen, was ihm beim ersten Mal nicht geglückt ist.«

Hagens Stirn umwölkte sich. »Soll ich auf Herrn Wieler denn etwa auch noch aufpassen?«

Ruth lächelte nachsichtig. »Das werde ich übernehmen«, erwiderte sie.

»Sie wollen sich die Nacht ernsthaft in Herrn Wielers Haus um die Ohren schlagen, anstatt mit Felix ...«

»Ich werde Herrn Wieler kurzerhand zu mir in mein Deichhaus einladen«, erklärte Ruth. »Personenschutz kann ich in meinen eigenen vier Wänden genauso gut durchführen wie anderswo.« Sie nahm ihr Jackett von der Sessellehne und warf sie sich über die Schulter. »Vergessen Sie nicht, Alice anzurufen und ihr zu sagen, dass sie nach Hause fahren kann, wenn sie ihren Auftrag in Emden erledigt hat.«

Hagen atmete tief durch und nickte.

Als Ruth kurz darauf das Büro verließ, um hinauf ins Bereitschaftszimmer zu Peer Wieler zu gehen, hörte sie noch, wie Hagen seine Freundin Dünya Hennings anrief, um ihr mitzuteilen, dass sie noch eine weitere Nacht auf ihn würde verzichten müssen.

*

Peer Wieler wischte sich mit einer Serviette den Mund. »Vorzüglich«, sagte er an Felix gerichtet. »Die Scholle hätte ich nicht besser zubereiten können.«

Der Kapitän der Wasserschutzpolizei lächelte. »Freut mich, dass es Ihnen geschmeckt hat.«

Ruth trank einen Schluck von ihrem Weißwein und schaute die beiden Männer an, die mit ihr gemeinsam am Esstisch saßen. Dafür, dass Peer Wieler über ihre »Einladung« zuerst überhaupt nicht begeistert gewesen war, hatte sich der Abend recht gut entwickelt, wie sie fand. Der pensionierte Hauptkommissar war in Felix' Gegenwart regelrecht aufgetaut und hatte sich als gesprächiger erweisen, als es Ruth sonst von dem alten Mann gewohnt war. Wieler liebte das Meer und war ein passionierter Angler, der mit seinem kleinen Boot oft auf die Nordsee hinausfuhr, um dort Fische zu fangen. Mit einem Kapitän der Wasserschutzpolizei gab es für ihn folglich reichlich Gesprächsstoff. Felix, der sich auf einen romantischen Abend mit Ruth gefreut hatte, zeigte sich trotz der Störung durch ihren unverhofften Gast ebenfalls von seiner besten Seite. Die Nordsee lag ihm sehr am Herzen, und wenn sich ihm die Gelegenheit bot, sich über dieses Thema auszutauschen, ließ er sich nicht lange bitten.

Während die beiden Männer sich über die letzte Springflut unterhielten, fing Ruth an, den Tisch abzudecken und das benutzte Geschirr in die Küche zu tragen. Felix ließ das Gespräch mit Wieler daraufhin auslaufen und ging ihr zur Hand.

»Du möchtest unseren Gast die ganze Zeit etwas fragen, nicht wahr?«, sprach Felix sie in der Küche an. »Aber wir haben dich nicht zu Wort kommen lassen.«

Ruth lächelte berührt. Felix war ein feinfühliger, aufmerksamer Mann, und sie schätzte sich sehr glücklich, in seinem liebevollen Fokus zu stehen. »Ich möchte unbedingt herausfinden, aus welchem Grund auf ihn geschossen wurde«, sagte sie. »Das wollte ich aber nicht während des Abendessens klären.«

Felix nahm ihr die benutzten Teller aus der Hand. »Das war sehr rücksichtsvoll von dir. Von jetzt an werde ich dir das Feld überlassen.« Er stellte die Teller in die Geschirrspülmaschine.

»Ich zeige Herrn Wieler jetzt das Gästezimmer«, erklärte Ruth daraufhin. »Dort werde ich ungestört mit ihm sprechen können.«

»Ich bemühe mich, nicht zu lauschen«, scherzte Felix.

Ruth kehrte in den Essraum zurück. Peer Wieler sah müde und erschöpft aus, und so musste Ruth ihn nicht erst lange bitten, sich seine Unterkunft zeigen zu lassen.

Wieler sah sich beiläufig in dem Raum um, in den Ruth ihn geführt hatte. »Danke für diesen netten Abend«, sagte er dann unvermittelt. »Ich hoffe, dass Sie es nicht allzu sehr bedauern, dass Sie auf Ihre Zweisamkeit mit Herrn Seitz meinetwegen verzichten mussten.«

»Ich werde es überleben«, sagte Ruth freundlich.

Wieler sah sie belustigt an.

»Apropos überleben«, sagte Ruth wie beiläufig und zog die Vorhänge zu. »Bleiben Sie dem Fenster fern. Man kann ja nie wissen.«

Wieler setzte sich auf die Bettkante. »Ihre Vorsicht ist übertrieben. Aber das sagte ich Ihnen ja bereits. Die Tatwaffe wurde aus dem Verkehr gezogen und der Schütze sitzt in der Arrestzelle. Es kann mir also gar nichts mehr passieren.«

»Es liegt uns von Keno Harm kein Geständnis vor. Und die Indizienlage reicht nicht aus, ihn zweifelsfrei zu überführen.«

Wieler winkte ab. »Wer soll für diese Taten denn sonst verantwortlich sein, wenn nicht die Harm-Brüder?«

»Versuchen wir, es herauszufinden«, forderte Ruth den ehemaligen Hauptkommissar auf.

»Ich bin zu müde«, erwiderte dieser. »Außerdem sind Sie eine viel bessere Ermittlerin, als ich es je war. Ich wüsste nicht, wie ich Ihnen …«

»Wer außer den Harm-Brüdern könnte Ihnen noch nach dem Leben trachten und versuchen, Sie mit einem Scharfschützengewehr zu erschießen?«, unterbrach Ruth ihren Gast.

»Und dann auch noch mit demselben Gewehr, mit dem Tido Looke erschossen wurde?« Wieler zuckte ratlos mit den Schultern. »Mir fällt keiner ein.«

»Dieser Anschlag auf Ihr Leben – er muss irgendwie mit dem Vorfall an Bord der *Granate* zusammenhängen«, war Ruth überzeugt. Sie legte den Zeigefinger auf ihre Lippen, denn sie erinnerte sich plötzlich an eine kleine Begebenheit, der sie bisher keine große Bedeutung beigemessen hatte. Nach einem kurzen Moment hob sie den Finger und sagte: »Als wir Sie das erste Mal nach dem Vorfall an Bord der *Granate* befragen wollten, erkundigten Sie sich, über welchen Vorfall wir denn etwas wissen wollten.«

Wieler verzog spöttisch den Mund. »Hagen Reese hat Sie daraufhin angesehen, als zweifelte er an meiner Zurechnungsfähigkeit. Daran erinnere ich mich noch deutlich.«

»Er nahm wohl an, dass Sie diese Sache um Heiner Harms Unfalltod vergessen hätten.«

»Was mitnichten der Fall ist«, erwiderte Wieler energisch.

Ruth ließ die Hand sinken. »Es gab in Bezug auf die *Granate* also mehrere Vorfälle«, vermutete sie.

»So ist es«, bestätigte Wieler.

Ruth zog einen Stuhl heran und setzte sich. »Erzählen Sie mir von diesem anderen Vorfall.«

Wieler legte die Stirn in Falten. »Eigentlich waren bei dieser Angelegenheit sogar etliche Kutter und deren Besatzungen ins Visier meiner Ermittlungen geraten«, sagte er. »Eine kleine Motorjacht mit einer Touristin an Bord war auf dem Wattenmeer gerammt worden. Es geschah am späten Abend und die Sicht war schlecht. Die Frau kam bei dem Unfall ums Leben. Sie schlug sich an Bord der Yacht den Kopf auf und war vermutlich sofort tot. Das stark beschädigte Boot wurde erst am anderen Morgen entdeckt. Es war bei Ebbe im Watt aufgelaufen. Die Leiche der Frau lag im Führerstand. Alle Spuren deuteten auf eine Kollision mit einem anderen Wasserfahrzeug als Unglücksursache hin. Es war der Küstenwache allerdings kein solcher Vorfall gemeldet worden.«

»Es lag also quasi ein Fall von Fahrerflucht vor«, sagte Ruth.

Wieler nickte. »Zu der Zeit, in der der Unfall mutmaßlich stattgefunden hatte, war im selben Gebiet eine kleine Flotte von Krabbenkuttern unterwegs gewesen. Darunter eben auch die *Granate*. Es war klar, dass die Yacht nur mit einem dieser Fischerboote kollidiert sein konnte. Aber die Besatzungen sagten einhellig aus, an dem Unfall nicht beteiligt gewesen zu sein.«

»Wurde der Schuldige denn letztendlich ermittelt?«

»Nein.« Wieler hob bedauernd die Schultern. »Ich habe die infrage kommenden Kutter nach Spuren untersuchen lassen. Die Rümpfe der Boote sahen durch die Bank weg alle ziemlich ramponiert aus. Die Kutter schrammen bei Niedrigwasser oft über den Grund oder kollidieren mit Treibgut. Im Hafen stoßen die Boote beim Anlegen auch manchmal aneinander. Mit anderen Worten: Es war nicht feststellbar, welcher dieser Kutter in dem Zusammenstoß involviert gewesen sein könnte.«

»Und die Yacht? Waren bei der denn keine Lackrückstände des Kahns zu finden, mit der das Boot kollidierte?«

»Wenn es die gegeben hat, hat das Meer sie weggewaschen«, erwiderte Wieler. »Es war aussichtslos. Ohne Geständnis konnte der Mitbeteiligte an diesem Unfall mit Todesfolge nicht ermittelt werden. Ein Geständnis gab es nicht. Also blieb diese tragische Sache ungeklärt.«

Ruth sah den pensionierten Hauptkommissar unverwandt an. »Hatten Sie einen Verdacht, welcher Kutter beteiligt gewesen sein könnte?«

Wieler lachte unfroh auf. »Ja. Aber das spielte ohne Beweise natürlich keine Rolle.«

»Und – welches Boot erschien Ihnen verdächtig?«

»Sie ahnen es wahrscheinlich schon: Tido Looke und seine *Granate*. Tido unternahm seine Fangfahrten nur noch allein, nachdem Heiner Harms ums Leben gekommen war und Frodo August auf einem anderen Kahn angeheuert hatte. Auf allen anderen Krabbenkuttern, die an diesem Abend auf Fangfahrt gewesen waren, waren mindestens drei Fischer an Bord gewesen.

Dass die einzelnen Mannschaften zusammenhielten und mich einhellig belogen, als sie erzählten, sie wären mit keiner Yacht zusammengestoßen, wäre natürlich denkbar gewesen. Aber ich kannte jeden Einzelnen dieser Seeleute gut und behaupte, dass keiner von ihnen es lange ausgehalten hätte, diese Schuld mit sich herumzutragen. Ganz zu schweigen davon, dass diese Männer nach einer verheerenden Kollision sicherlich so korrekt gewesen wären, sofort die Küstenwache zu informieren. Anders verhielt es sich mit Tido Looke. Seit dem Unfall an Bord der *Granate*, der seinem Freund Heiner Harm das Leben gekostet hatte, traute ich ihm nicht mehr so recht über den Weg. Tido wäre der Einzige gewesen, dem ich diese Fahrerflucht zugetraut hätte.« Wieler fuhr sich mit der Hand übers Gesicht. »Das waren meine privaten Ansichten, von denen ich mich natürlich nicht vollumfänglich leiten ließ. Was am Ende zählt, sind die Fakten. Die reichten in diesem Fall jedoch leider nicht annähernd für eine Schuldzuweisung aus.«

Ruth nickte verstehend. »Die Polizeiarbeit verläuft manchmal leider unbefriedigend. Damit muss jeder Ermittler leben.«

»Manch ungeklärter Fall verfolgt einen auch noch bis ins hohe Rentenalter hinein.« Wieler bedachte Ruth mit einem verdrießlichen Blick, als er dies sagte.

Ruth ignorierte diese Geste, mit der Wieler ihr zweifelsfrei zu verstehen geben wollte, dass sie diejenige war, die für die unliebsamen Störungen seines Ruhestandes verantwortlich war, denn dies war nicht das erste und wahrscheinlich auch nicht das letzte Mal, dass sie ihn wegen einer alten Geschichte behelligen musste.

»Wie lautete der Name der verunglückten Touristin?«, fragte sie unverdrossen. »Und wie hieß ihre Motoryacht?«

»Sabine Franke und *Elfie*«, beantwortete Wieler beide Fragen mit einem Atemzug. Er zog die Augenbrauen zusammen. »Glauben Sie etwa, diese Fahrerflucht hat etwas mit dem Mord an Tido Looke und dem Anschlag auf mein Leben zu tun?«

»Ich weiß es nicht«, erwiderte Ruth. »Aber ich werde es herausfinden.« Sie stand auf. »Gibt es Unterlagen über diesen Unfall?«

Wieler hob kurz eine Schulter. »Die sind während des Feuers in der alten Polizeiwache damals alle verloren gegangen.«

»Wer außer Ihnen könnte die *Granate* noch mit dieser tödlichen Kollision mit der *Elfie* in Verbindung bringen?«

»Niemand sonst, fürchte ich.« Wieler verzog bedauernd das Gesicht. »Sabine Frankes Eltern waren zum Zeitpunkt des Vorfalls nicht mehr am Leben und andere Verwandte hatte sie nicht. Sie war erst knapp dreißig Jahre alt, das arme Ding. Sie stammte aus Hamburg und war mit ihrer *Elfie* auf Vergnügungsfahrt, wie ich herausgefunden hatte. Offenbar hatte sie vorgehabt, den Greetsieler Yachthafen anzusteuern, denn sie war im Jahr davor mit ihrer Yacht schon einmal hier gewesen.«

»Sie war nicht verheiratet und hatte keinen Freund?«

»Nicht das ich wüsste. Eine traurige Geschichte. Ich war auf ihrer Beerdigung auf dem Ohlsdorfer Friedhof in Hamburg. Irgendwie fühlte ich mich verpflichtet hinzugehen. Es waren nur ein paar von Sabine Frankes Arbeitskolleginnen aus dem Internationalen Maritim Museum in Hamburg gekommen.« Er krauste die Stirn. »Und Konrad Maizelmann – er war auch dort.«

»Unser exzentrischer Sammler?«, wunderte sich Ruth.

Wieler nickte schläfrig. »Es tut unserem Fischerdorf gut, wenn Menschen wie Sie und Herr Maizelmann hier sesshaft werden. Das bringt frischen Wind und neue Perspektiven in unsere Gemeinde.«

Ruth war nachdenklich geworden.

Wieler gähnte ungeniert. »Ich fürchte, mehr kann ich Ihnen zu dieser Sache nicht sagen, Frau Hauptkommissarin.«

Ruth verstand den Wink. »Ich wünsche Ihnen eine gute Nacht«, sagte sie und stellte ihren Stuhl zurück an den kleinen Schreibtisch.

Der pensionierte Hauptkommissar presste die Hand prüfend auf die Matratze. »Ich denke, ich werde in diesem Zimmer ausgezeichnet schlafen können«, zeigte er sich zufrieden.

Kapitel 9

Ruth Fasan hielt es in ihrem Bett schließlich nicht mehr aus. Ihre Gedanken kreisten ständig nur um ein Thema, und auch als Felix sie in den Arm nahm, hörten ihre Gehirnzellen nicht auf, sich mit dem Tod von Sabine Franke zu beschäftigen.

»Du wirkst unentspannt«, bemerkte Felix schließlich, weil Ruth nicht aufhörte, sich von einer Seite auf die andere zu wälzen. »Was ist denn los?«

»Konrad Maizelmann«, sagte sie nur und starrte gegen die Zimmerdecke.

»Was ist mit dem?«

Ruth schob die Zudecke von sich. »Ich muss zu ihm!«

Felix warf einen Blick auf den Wecker. »Es ist fünf Uhr in der Früh.«

»Trotzdem.« Ruth stand auf, warf Felix einen um Verzeihung heischenden Blick zu. »Tut mir leid. Aber ich muss dieser Sache auf den Grund gehen!«

Felix verschränkte die Hände hinter dem Nacken. »Wie es aussieht, werde ich mit Herrn Wieler nachher wohl allein frühstücken müssen.«

»Es wäre nett, wenn du auf ihn achtgibst. Wenn es bei mir länger dauert und du losmusst, bring Herrn Wieler bitte in die Polizeiwache.«

Felix setzte sich auf. »Du wirst diesen seltsamen Sammler hoffentlich nicht allein aufsuchen!« Sorge zeichnete sich auf seinem Gesicht ab.

Ruth nahm ihre Kleidung vom Stuhl. »Hagen ist in der Wache leider unabkömmlich. Aber wenn ich den Eindruck habe, Verstärkung zu benötigen, brauche ich nur bei Dörte Langhaas anzurufen.« Sie warf Felix eine Kusshand zu. »Mach dir keine Sorgen«, sagte sie und verließ das Schlafzimmer.

Wenige Minuten später saß sie in ihrem kirschroten VW up! und fuhr im beginnenden Morgengrauen den holprigen Feldweg Richtung Fischerdorf hinunter. Um diese Uhrzeit lag Greetsiel wie ausgestorben da. Auf dem Weg zur Mühlenstraße begegneten ihr nur drei Personen, und die waren offenbar im Begriff, zum

Kutterhafen zu gehen, um dort zu arbeiten, wie ihre robuste Kleidung vermuten ließ.

Ruth stoppte das Auto vor dem alten Bürgerhaus, erklomm die Stufen und schlug mit der Faust kräftig gegen die Eingangstür. Das tat sie so lange, bis sie hörte, dass sich jemand auf der anderen Seite der Tür am Schloss zu schaffen machte.

Konrad Maizelmann sah Ruth verblüfft an. Er war in einen weinroten Morgenmantel gekleidet, der reich mit goldenen Stickereien verziert war. Auf seinem Kopf hatte er eine blaue Schlafmütze.

Ruth konnte nicht umhin, beim Anblick des Sammlers zu schmunzeln.

»Moin«, sagte dieser und maß Ruth mit seinen Blicken von oben bis unten. »Was kann ich für Sie tun?«

»Sabine Franke«, sagte Ruth, den Blick auf Konrads Gesicht geheftet, damit ihr nicht entging, wie er auf diesen Namen reagierte.

Der Sammler zog eine Augenbraue in die Stirn. »Kommen Sie bitte herein. Es ist kühl draußen.«

Ruth trat ein und bemerkte, dass Konrads Füße in weichen Fellpuschen steckten.

»Hätte ich geahnt, dass Sie meine Bemerkung, Sie wären bei mir jederzeit ein gern gesehener Gast, auf diese Art auslegen würden, hätte ich eine zeitliche Einschränkung folgen lassen«, merkte Konrad trocken an.

Ruth zuckte ungerührt mit den Schultern. »Diese Sache duldet keinen Aufschub.«

»So?« Konrad drückte die Tür ins Schloss und die graue Dunkelheit des Hausflurs umfing sie nun vollständig. Ruth beschlich ein ungutes Gefühl, aber sie war sich sicher, Konrad gewachsen zu sein, sollte er versuchen, sie anzugreifen. »Wo drückt Ihnen denn der Schuh?«

»Sabine Franke«, wiederholte Ruth.

Konrad schlang die Arme um seinen Körper. »Was ist mit der?«, fragte er und begann dann, den Flur hinunterzuschreiten.

Ruth folgte ihm unverdrossen. »Sie kennen sie, nicht wahr?«

»Ich *kannte* sie«, verbesserte Konrad. »Sie ist leider nicht mehr am Leben.«

»Was für ein Verhältnis hatten Sie zu ihr?«

»Ein rein berufliches«, antwortete Konrad. Er öffnete eine Tür und ging in den dahinterliegenden Raum. Es handelte sich um ein Arbeitszimmer. Es war mit einem filigran gearbeiteten Schreibtisch und handgefertigten Regalen stilvoll ausgestattet. Konrad schaltete einen kleinen transportablen Gasofen an. »Ein kleines Zugeständnis an meine Kälteempfindlichkeit«, erläuterte er, als müsse er sich für den Einsatz dieses anachronistischen Geräts rechtfertigen. Er bot Ruth an, in einem Ohrensessel Platz zu nehmen, und begab sich hinter seinen Schreibtisch, auf dem ein Laptop und einige Papiere lagen.

»Sie waren damals auf Sabine Frankes Beerdigung«, sagte Ruth. Konrad richtete seinen Morgenmantel. »Sie war eine gute Geschäftspartnerin und eine bemerkenswerte Frau … warum also sollte ich nicht auf ihrer Beerdigung erscheinen?«

Ruth sah den Sammler prüfend an. »Wie besonders war Frau Franke für Sie?«

»Ich hatte ihr einige Exponate für das Maritime Museum in Hamburg verschafft, wo sie als Kuratorin arbeitete. Sabine kannte meine Sammlerleidenschaft und hat mir als Gegenleistung eine für mich unschätzbare Preziose geschenkt. Ein Flakon, in dem die Frau eines Hamburger Pfeffersacks das Gift verwahrte, mit dem sie ihren untreuen Mann …«

Ruth hob abwehrend die Hände. »Bitte keine weitere Ihrer Mördergeschichten. Bleiben Sie bei der Sache!«

Konrad krauste verärgert die Stirn. »Warum fragen Sie mich überhaupt nach dieser Frau aus?«, wollte er wissen.

»Ihnen ist bekannt, wo und unter welchen Umständen Sabine Franke ums Leben kam?«

Konrad nickte. »Ihre Yacht wurde im Wattenmeer gerammt; dabei zog sie sich lebensgefährliche Verletzungen zu, an denen sie schließlich starb, weil niemand es für nötig hielt, ihr zu helfen.«

Ruth nahm zur Kenntnis, dass Konrad sich an weitaus präzisere Einzelheiten erinnerte als Peer Wieler.

»Man könnte sagen, Sabine ist das Opfer eines Verbrechens geworden«, fuhr Konrad fort. »Sie können sich also denken, dass mich ihr Tod auch in dieser Hinsicht nicht unberührt lassen konnte.«

»Was wollen Sie damit andeuten?«

»Na was wohl!«, rief Konrad aufgebracht. »Das bedeutet, dass ich alles gesammelt und archiviert habe, was mit diesem Fall von Fahrerflucht auf offener See zu tun hatte. Ich bin sehr akribisch in solchen Dingen, wie Sie anhand meiner Exponate und der Dokumentation der mit ihnen zusammenhängenden Verbrechen ja wohl leicht erkennen konnten.«

Ruth, die erwartet hatte, dass das Gespräch eine andere Richtung nehmen und Konrad ihr gestehen würde, eine innigliche Liebesbeziehung mit Sabine unterhalten zu haben, wurde stutzig. »Was ist das für Material?«, fragte sie.

Konrad stand auf, stellte sich vor ein Regal und zog eines der in Leder gebundenen, großformatigen Bücher heraus, die sich darin dicht an dicht reihten. Er legte den Band auf den Schreibtisch, schlug ihn auf und blätterte kurz darin herum. »Hier«, sagte er schließlich und pflanzte den Zeigefinger auf die aufgeblätterte Seite.

Ruth stand auf, war aber auf der Hut, als sie neben Konrad trat. Das durchs Fenster hereinfallende Licht des beginnenden Tages reichte so eben gerade aus, um sie erkennen zu lassen, was Konrad ihr zeigen wollte. Es handelte sich um einen eingeklebten Zeitungsartikel. Er stammte aus dem Krummhörner Boten und behandelte den tödlichen Kollisionsunfall der Yacht *Elfie*. Der Text war sachlich und informativ gehalten. Dass Krabbenkutter zur Unfallzeit in der Leyhörner Bucht unterwegs gewesen waren, wurde bloß in einem Nebensatz erwähnt. Ein Foto von der stark beschädigten Yacht bebilderte den Bericht.

Konrad schlug die Seite um. Eine Spalte aus einer Hamburger Tageszeitung war hier eingeklebt worden, daneben die Todesanzeige von Sabine Franke und ein Polaroidfoto von ihrem Grabstein.

In dem Zeitungsbericht stand inhaltlich dasselbe wie im Krummhörner Boten. Nur dass hier nicht einmal mehr das Foto des Wracks abgedruckt worden war.

»Das ist leider alles, was ich zu diesem traurigen Vorfall zusammentragen konnte«, erklärte Konrad.

Grüblerisch krauste Ruth die Stirn, und sie legte, wie sie es immer zu tun pflegte, wenn sie konzentriert nachdachte, den Zeigefinger an die Lippen. In den Texten wurde nur kurz erwähnt, dass es polizeiliche Ermittlungen gegeben hatte. Von etwaigen Verdächtigen war jedoch nicht die Rede. Anhand dieser Unterlagen ließ sich nur ein vager Zusammenhang mit den Krabbenkuttern herstellen. Dass die *Granate* als möglicher Unfallgegner infrage kommen könnte, fand überhaupt keine Erwähnung.

»Mehr haben Sie wirklich nicht?«, hakte Ruth nach.

Konrad verschränkte die Arme vor der Brust und schaute die Kommissarin abschätzend an. »Was erhoffen Sie sich denn, bei mir über Sabine Frankes Tod zu finden? Und warum interessieren Sie sich überhaupt für diesen Vorfall?«

Nach dem gestrigen Gespräch mit Peer Wieler hätte Ruth Hagen für heute auf jeden Fall aufgetragen, die Zeitungsarchive nach Meldungen über den Unfall der *Elfie* zu durchforsten. Es erschien ihr wichtig herauszufinden, wer von Wielers vagem Verdacht, die *Granate* könnte an der Kollision beteiligt gewesen sein, wusste. Jetzt war klar, dass davon niemand – auch Konrad Maizelmann nicht – dies aus der Zeitung hätte erfahren können. Der pensionierte Hauptkommissar war der Einzige, der diesen Zusammenhang hergestellt hatte, und wie es aussah, hatte er seinen Verdacht mangels Beweisen tatsächlich für sich behalten.

Langsam begann Ruth daran zu zweifeln, ob der Tod von Sabine Franke wirklich der Grund gewesen war, warum Tido Lookes Mörder zusätzlich den pensionierten Hauptkommissar aufs Korn genommen hatte.

»Wollen Sie mir nicht langsam erklären, was das alles zu bedeuten hat?«, riss Konrad sie aus ihren Gedanken.

Noch immer den Finger an den Lippen, sah Ruth den Sammler an. »Ich versuche herauszufinden, wem Sabine Frankes Unfalltod nahegegangen sein könnte«, sagte sie mit leicht abgespreiztem Zeigefinger.

»Na, mir«, sagte Konrad unumwunden. Er nahm die Schlafmütze vom Kopf und steckte sie in eine Tasche seines Morgenmantels. »Und Abbe Larson natürlich.«

Ruth ließ die Hand sinken. »Abbe Larson?«, fragte sie.

»Genau der«, bestätigte Konrad. »Sabine kam hin und wieder nach Greetsiel, wenn Abbe eine Antiquität aufgetrieben hatte, die für das Hamburger Maritime Museum interessant sein könnte.« Er lächelte großspurig. »Ich hatte den Kontakt zwischen den beiden damals hergestellt, wiederum als Dankeschön für das Giftfläschchen, das Sabine mir geschenkt hatte.«

*

Ruth war ins Grübeln geraten. »Abbe Larson kannte Sabine Franke also ebenfalls?« Sie sah Konrad eindringlich an. »Wie gut kannten sie sich?«

Der Sammler zuckte unschlüssig mit den Schultern. »Ich denke, sie mochten sich. Jedenfalls hatte Sabine immer diesen euphorischen Schimmer in den Augen, wenn wir über Abbe sprachen – was allerdings nicht oft der Fall war, denn so viel habe ich mit Sabine nun auch nicht zu tun gehabt.«

Ruth zog die Augenbrauen zusammen. »Sehr nahe können sie sich nicht gestanden haben, denn Abbe ist nicht auf Sabines Beerdigung gewesen. Herr Wieler hätte es erwähnt, wenn es anders gewesen wäre.«

»Ich glaube, Abbe war emotional dazu nicht in der Lage gewesen«, erläuterte Konrad. »Es ist noch heute so, dass, wenn ich auf Sabine zu sprechen komme, er dichtmacht. Er wirkt dann regelrecht versteinert, als hätte ihr Tod eine tiefe Wunde in ihm hinterlassen.«

In diesem Moment fragte sich Ruth, ob Konrad nicht ein wenig zu dick auftrug, um den Verdacht von sich abzulenken. Er musste längst erkannt haben, dass sie nach einer Verbindung zwischen dem aktuellen Geschehen in Greetsiel und Sabine Frankes tödlichem Unfall suchte.

»Langsam glaube ich zu verstehen«, sagte Konrad gedehnt. »Sabines Unfalltod und der Mord an Tido Looke … die gehören Ihrer Meinung nach irgendwie zusammen.«

Ruth wandte sich noch einmal dem Buch zu, blätterte zurück, um sich das Zeitungsfoto der beschädigten Yacht genauer anzusehen. Auf der Backbordseite war der Bug teilweise zersplittert. Ein Teil der Reling war zerstört und die Tafel mit dem Namenszug der Yacht war in der Mitte durchgebrochen. Von den verschnörkelten metallenen Buchstaben fehlte das »f«, das bei dem Zusammenstoß wahrscheinlich abgerissen worden war.

Ruth beschloss aufs Ganze zu gehen. Die letzte Möglichkeit, Konrad eine verräterische Reaktion zu entlocken, bestand darin, ihm das Foto der Tatwaffe zu zeigen, das sie auf ihrem Handy gespeichert hatte.

Gedacht, getan. Ihr Blick haftete auf Konrads Gesicht, während sie ihm das Handydisplay mit dem Foto darauf hinhielt.

Konrad furchte die Stirn. »Warum zeigen Sie mir dieses Gewehr?«, fragte er, während er die Aufnahme anstarrte. »Ich glaube, ich habe es schon einmal gesehen. Diese seltsame Einlegearbeit und die Kratzer im Kolben …« Er sah Ruth fragend an. »Ich werde nicht ganz schlau aus Ihnen, Frau Hauptkommissarin.«

»Mit dieser Waffe wurde Tido Looke erschossen und ein Mordanschlag auf Peer Wieler verübt.«

Konrad legte erschrocken die Hand auf seine Brust. »Verdächtigen Sie mich des Mordes an Tido Looke?«, fragte er mit einem Anflug von Enttäuschung in der Stimme. »Hatten Sie mir gestern nicht noch versichert, dass ich mir diesbezüglich keine Sorgen zu machen brauche?«

»Wo waren Sie denn, als der Mord geschah?« Sie nannte Konrad die infrage kommende Uhrzeit und die Stunde, als auf Peer Wieler geschossen wurde.

»Da war ich mit meiner Sammlung beschäftigt«, antwortete Konrad. »Allein – ganz für mich.« Plötzlich schlug er sich mit der flachen Hand an die Stirn. »Jetzt erinnere ich mich, wo ich dieses Gewehr schon einmal gesehen habe!« Sein Gesicht verlor an Farbe und seine Augen wurden groß. »Abbe Larson hatte es in seinem Safe. Ich habe es im Stahlschrank stehen sehen, als er mir die Duellpistolen vorige Woche das erste Mal vorführte. Ich hatte mich gefragt, was ein Antiquitätenhändler mit einem solchen, relativ modernen Gewehr anfangen wollte. Dann habe ich nicht mehr daran gedacht, denn die Duellpistolen haben meine ganze Aufmerksamkeit gefordert.«

Ruth sah den Sammler zweifelnd an. Konnte sie seiner Behauptung trauen oder hatte er sich das alles nur ausgedacht, um den Verdacht auf den Antiquitätenhändler zu lenken?

Konrad klappte das Buch mit einem Knall zu, sodass Ruth erschreckt zusammenzuckte. »Abbe wird doch wohl hoffentlich nicht für den Mord an Tido Looke verantwortlich sein?«, fragte er rau. Er schüttelte den Kopf. »Ich halte das für ausgeschlossen. Ihre Überlegungen … sie können nicht richtig sein. Warum sollte er den Netzflicker für Sabines Tod verantwortlich machen, und aus welchem Grund sollte er den pensionierten Hauptkommissar umbringen wollen? Für mich ergibt das alles überhaupt keinen Sinn!«

Die Antworten auf diese Fragen lagen Ruth auf der Zunge. Irgendetwas könnte geschehen sein, dass Abbe Larson Gewissheit darüber verschafft hatte, wer an dem tödlichen Unfall mit der *Elfie* damals beteiligt gewesen war: die *Granate* mit Tido Looke als alleinigem Besatzungsmitglied. Abbe Larson könnte den alten Netzflicker folglich aus Rache für den Tod der Frau umgebracht haben, die er offenbar sehr geliebt hatte. Und Peer Wieler war der Einzige gewesen, der Hagen und Ruth darauf hätte aufmerksam machen können, dass Tido Looke nicht nur in den Tod von Heiner Harm verstrickt gewesen war, sondern darüber hinaus auch als Beteiligter am Unfall mit der *Elfie* infrage kam. Dieses Wissen hätte die Kommissare zwangsläufig auf Abbe Larson aufmerksam gemacht, sodass sie sich nicht mehr nur auf die Harm-Brüder als Tatverdächtige konzentriert, sondern auch den Antiquitätenhändler unter die Lupe genommen hätten.

Ruth ballte die Fäuste. Das alles waren bloß Vermutungen, allein, es fehlten die Beweise. Sollte es ihr am Ende wie Peer Wieler ergehen, der einen Verdacht aus Mangel an Indizien unberücksichtigt lassen musste?

In diesem Moment wurde sich Ruth eines Schwachpunktes ihrer Überlegungen bewusst. Woher hätte Abbe Larson überhaupt wissen können, dass Peer Wieler Tido Looke für den Fahrerflüchtigen gehalten hatte? Der Hauptkommissar jedenfalls hatte diese unbewiesene Theorie offenbar niemanden mitgeteilt …

»Warten Sie hier einen Moment.« Erneut war es Konrad Maizelmann, der Ruth aus ihren Gedanken riss. »Ich werde mich rasch anziehen, und dann begleite ich Sie zu Abbe.« Konrad lächelte, als Ruth ihm einen verdutzten Blick zuwarf. »Ich sehe es Ihnen an, dass Sie genau das vorhaben«, sagte er. »Wie ich ihn kenne, ist Abbe bereits in seinem Antiquariat zugange. Glauben Sie nicht, dass ich Sie allein zu einem Mann gehen lasse, der vielleicht ein Mörder ist und Ihnen etwas antun könnte!«

Ruth wollte insistieren, aber da hatte Konrad das Arbeitszimmer mit wehendem Morgenmantel bereits verlassen.

*

Zum Schatthauser Weg und Abbe Larsons Antiquariat waren es nur ein paar Meter, und so ließ Ruth ihr Auto vor dem Haus des Sammlers stehen und ging zu Fuß. Konrad schritt entschlossen neben der Hauptkommissarin her. Er hatte sich von ihr nicht davon abbringen lassen, sie zum Antiquitätenhändler zu begleiten. Unterwegs rief Ruth vorsichtshalber Dörte Langhaas an und sagte ihr, dass sie sie beim Antiquariat treffen wollte. Da sie sich nicht mit langwierigen Erklärungen aufhalten wollte, beendete sie das Gespräch in dem Moment, als sie Abbe Larsons Geschäft erreichten.

Die Tür war geschlossen, denn das Antiquariat würde erst in einigen Stunden öffnen. Heidrun, die Verkäuferin, war jedoch schon zugegen und füllte die Regale mit Ware auf, wie durch das Schaufenster zu sehen war. Konrad klopfte energisch gegen das Glas, und als Heidrun ihn erkannte, eilte sie herbei, um aufzuschließen.

»Heute früh ist ja eine Menge los bei uns«, sagte sie gut gelaunt, nachdem sie die Tür aufgezogen hatte. »Abbe hat bereits Besuch empfangen. Sie finden ihn in seinem Büro.«

Ruth nickte der Frau dankend zu und eilte, dicht von Konrad gefolgt, voran. Der Weg durch das Labyrinth der Regale und Verkaufstische kam ihr quälend lang vor. Als sie endlich vor der Bürotür anlangten, griff Konrad kurzerhand nach der Klinke und trat ein.

Rieke Looke schrie erschreckt auf und befreite sich hastig aus Abbes Armen. Mit großen Augen starrte sie die Ankömmlinge an.

»Wann gewöhnst du dir endlich an, anzuklopfen«, fuhr Abbe den Sammler an.

Konrad hob entschuldigend die Hände. »Verzeihung. Ich wusste ja nicht ...«

»Was wollen Sie?«, fragte Abbe an Ruth gerichtet. Er hatte sichtlich Mühe, seine Verärgerung zu verbergen. Verlegen sortierte Rieke ihre Kleidung und wich den Blicken der Hauptkommissarin aus, die jetzt zu wissen glaubte, wo Rieke gestern gewesen war, als sie sie auf dem Markt nicht hatte finden können.

Ruth hielt Abbe ihr Handy mit dem Foto des Gewehrs vors Gesicht. »Erkennen Sie diese Waffe?«, fragte sie.

Abbe bedachte die Aufnahme mit einem beiläufigen Blick. »Nie gesehen«, sagte er. »Ich handele mit Antiquitäten und nicht mit ...«

»Dieses Gewehr stand vor einigen Tagen noch in deinem Safe!«, fuhr Konrad dazwischen und deutete auf den Stahlschrank in der hinteren Ecke des Büros. Die gepanzerte Tür stand einen kleinen Spalt weit offen. »Ich habe es mit eigenen Augen gesehen!«

»Dann musst du dich irren«, gab Abbe unwirsch zurück. »Ich habe diese Waffe noch nie zuvor gesehen!«

»Wie kommen Sie überhaupt darauf, dass Abbe Tidos Scharfschützengewehr gestohlen haben könnte?«, fragte Rieke aufgebracht.

Ruth sah die Witwe streng an. »Haben Sie ein Verhältnis mit Herrn Larson?«

Rieke schnappte empört, aber nicht sehr überzeugend, nach Luft.

»Ich habe Frau Looke nur kurz trösten wollen und darum in den Arm genommen«, antwortete Abbe anstelle der Witwe.

Ruth lächelte frostig. »Ihre Hände waren unter der Bluse von Frau Looke. Ist das etwa Ihre Art, eine Ehefrau über den Tod ihres Mannes hinwegzutrösten?«

»Ich wüsste nicht, dass Sie das was anginge.« Abbe fuchtelte unbeherrscht mit dem Arm. »Ich habe mit diesem Gewehr nichts zu schaffen«, sagte er. »Damit ist Ihre Frage beantwortet. Und nun verlassen Sie bitte mein …«

»Du lügst!«, unterbrach Konrad den Antiquitätenhändler. Fassungslos schüttelte der Sammler den Kopf. »Bis vorhin habe ich mich geweigert zu glauben, dass du mit dem Mord an Tido Looke zu tun haben könntest … aber jetzt.« Energisch schritt er auf den Tresor zu und riss die Panzertür auf. »Hier!«, sagte er aufgebracht und deutete in das längliche, vertikale Fach, das jedoch, nicht wie die anderen, leer war. »Genau hier hat das Gewehr gestanden!«, behauptete er.

Ruth krauste die Stirn. Ein kleiner Gegenstand hob sich durch seinen matten Glanz von den übrigen Antiquitäten ab, die Abbe in dem Safe verwahrte. Es war ein verbogenes Etwas, dessen schlanke, geschwungene Form Ruth bemerkenswert vorkam. Ehe Abbe ihr in den Weg treten konnte, eilte sie auf den Tresor zu, streifte einen Einmalhandschuh über und hielt den auffälligen Gegenstand einen Augenblick später zwischen den Fingern.

Es handelte sich um einen Messingbuchstaben, ein verschnörkeltes »f«. Das Teil sah ein wenig verbogen und verschrammt aus, musste kürzlich allerdings auf Hochglanz poliert worden sein. Ein Band war durch eines der Befestigungslöcher gezogen worden und ein Kärtchen baumelte daran, auf dem in Abbes akribischer Handschrift geschrieben stand: *aus Tido Lookes Sammelbeständen.* Es folgte das Datum, an dem Abbe den Buchstaben erhalten hatte.

»Wenn mich nicht alles täuscht, ist dies das fehlende Schriftzeichen vom Namensschild der *Elfie*«, sagte Ruth und zeigte den Messingbuchstaben mit erhobener Hand in der Runde

142

herum. Sie wandte sich Abbe zu, der sie entgeistert und mit einem Anflug wachsender Besorgnis anstarrte. »Ihrer Notiz zufolge, haben Sie diese Type vor gut einem Monat von dem Netzflicker erhalten.«

»Dieser Buchstabe lag in einer Kiste voller Kleinteile, die Tido mir zum Weiterverkauf gegeben hatte«, bestätigte Abbe. »Ich wusste aber nicht so recht was damit anzufangen.«

»Verstehe.« Ruth nickte spöttisch. »Darum haben Sie diesen eigentlich wertlosen Gegenstand auch poliert und in Ihren Tresor zu den anderen Kostbarkeiten gelegt.«

Abbe winkte ab. »Das war ein Versehen, mehr nicht.«

»Dass Tido Looke dieses F unter seinen Sachen hatte, hat Ihnen bewiesen, dass seine *Granate* am Unfall mit der *Elfie* beteiligt gewesen war«, erwiderte Ruth und steckte das Schriftzeichen in eine Beweismitteltüte. »Von da an hatten Sie Gewissheit, wer für den Tod von Sabine Franke verantwortlich war: Tido Looke!«

Konrad schüttelte geschockt den Kopf. »Mensch, Abbe. Hast du den Verstand verloren? Hast du Sabine denn wirklich so sehr geliebt, dass du wegen ihr zum Mörder wurdest?« Er zeigte auf Rieke. »Zumal du jetzt eine neue Freundin hast.«

Rieke starrte Abbe verwirrt an. »Wovon redet dieser Mann?«

»Seit wann sind Sie und Herr Larson zusammen?«, richtete Ruth eine Frage an die Witwe.

Verlegen schlug Rieke den Blick nieder. »Ich erinnere mich noch genau.« Leise und mit weicher Stimme nannte sie den Tag.

Ruth hob die Beweismitteltüte. »Genau zwei Tage, nachdem Abbe Larson diesen Buchstaben unter den Dingen entdeckt hatte, die Tido ihm zum Weiterverkauf übergeben hatte«, sagte sie schonungslos. »Wenn das kein Zufall ist!«

»Was wollen Sie damit andeuten?«, fragte Rieke entgeistert.

Ruth hatte nicht vor, auf diese Frage zu antworten. »Wahrscheinlich hatte Tido vergessen, dass sich dieses verräterische F in dem Sammelsurium befunden hatte, das er Herrn Larson aushändigte. Und so geriet dieses Schriftzeichen ausgerechnet in die Hände des Mannes, der die Frau abgöttisch geliebt hatte, die wegen Tidos Verschulden an Bord der *Elfie* ums Leben kam.«

Rieke schluckte trocken. »Warum sollte dieser lächerliche Buchstabe beweisen, dass Tido die *Elfie* mit der *Granate* gerammt hat?« Sie schob sich eine Haarsträhne aus der Stirn. »Damals hatte Hauptkommissar Wieler Tido mehrmals zu diesem Unfall befragt. Er war sehr hartnäckig, als wäre er überzeugt, dass Tido der Übeltäter war, der Fahrerflucht beging. Aber beweisen konnte er es nicht.« Sie blickte zu Abbe hinüber. »Davon hatte ich dir doch erzählt, Liebster!«

Abbe zuckte verärgert mit den Schultern, sagte jedoch nichts. Für Ruth dagegen war nun geklärt, wie Abbe von Peer Wielers damaligen Verdacht hatte erfahren können.

»Dieser Buchstabe hat sich beim Zusammenstoß mit der *Elfie* wahrscheinlich in den Rumpf der *Granate* gebohrt«, erklärte Ruth. »Tido muss ihn entdeckt haben, als er den Bug nach verräterischen Spuren der Kollision absuchte, um diese gegebenenfalls zu beseitigen. Wegwerfen konnte er das F allerdings nicht. Daran hinderten ihn wahrscheinlich seine Gewissensqualen. Ähnliches habe ich schon oft erlebt.«

Rieke sah Abbe wie betäubt an. »Hast du etwa nur mit mir angebandelt, weil du mich für deine Rachepläne benutzen wolltest?« Verstehen machte sich auf ihrem Gesicht breit. »Du liebst mich gar nicht wirklich!«

Der Antiquitätenhändler zeigte ein verbittertes Lächeln. »Keine Frau auf dieser Welt könnte Sabine ersetzen!«

Rieke taumelte zurück. Für einen Moment sah es so aus, als würden sie ihre Kräfte verlassen. »Du Schuft!«, rief sie schwach. »Du hast mir was vorgemacht. Du wolltest Tido gar nicht beseitigen, weil … weil …«

»Pass lieber ganz genau auf, was du jetzt sagst!«, fuhr Abbe die Witwe an. »Du steckst in dieser Sache genauso tief drin wie ich!«

»Ich habe allerdings niemanden erschossen!«, stellte Rieke aufgebracht richtig. »Du hingegen schon!«

»Ich musste dich nicht lange drängen, mir dabei zu helfen, Tido zu beseitigen, damit wir ungestört zusammen sein können«, gab Abbe kalt zurück.

Rieke wirbelte zu Ruth herum. »Abbe hat sich das Gewehr aus Tidos Waffenschrank geholt … dabei habe ich ihm geholfen«, gestand sie mit der unterdrückten Wut einer zutiefst enttäuschten Frau, der jetzt alles egal war. »Tido hat davon nichts bemerkt. Später, als Tido … als er nicht mehr am Leben war … da hat Abbe es dann so aussehen lassen, als wäre der Waffenschrank mit Gewalt aufgebrochen worden.« Hasserfüllt sah sie zum Antiquitätenhändler hinüber. »Nachdem er auch noch auf Peer Wieler geschossen hatte, hat er das Gewehr im Haus der Harm Brüder versteckt. Das war ganz leicht, denn ich wusste, dass diese Trottel den Hausschlüssel immer unter ihre Fußmatte legen.«

Abbe steckte die Hände in die Hosentaschen. »Du wirst für diese Verbrechen genauso belangt werden wie ich, meine Liebe«, sagte er. »Beihilfe zum Mord. Dafür kannst du bis zu fünfzehn Jahre einsitzen.«

»Deine Strafe wird bestimmt wesentlich härter ausfallen!«, giftete Ricke ihn an.

Abbe zuckte ungerührt mit den Schultern. »Das ist mir egal. Ich habe bekommen, was ich wollte. Sabines Mörder ist durch meine Hand gestorben. Das war ich ihr schuldig!«

Ruth bemerkte eine Bewegung in der Türöffnung, und als sie hinsah, erblickte sie Dörte Langhaas. Die Kollegin vom BKA hob verdattert die Hände. »Der Mordfall und der Anschlag auf Herrn Wieler wurden aufgeklärt?«, fragte sie perplex.

Konrad kam Ruth mit dem Reden zuvor. »Frau Fasan hat Erstaunliches geleistet«, sprudelte es aus ihm hervor. »Endlich habe ich einmal hautnah miterlebt, wie ein Verbrechen aufgeklärt und die Schuldigen dingfest gemacht werden. Das ist durch keine Anekdote oder Erzählung zu ersetzen!« In seinen Augen schimmerte es begeistert, als er Ruth ansah. »Das möchte ich unbedingt noch einmal erleben, Frau Hauptkommissarin!« Er blinzelte ihr verschwörerisch zu. »Demnächst verraten Sie mir dann bitte auch, auf welche Weise Heiner Harm mit meinem Fischernetz ermordet wurde. Das muss von mir unbedingt noch dokumentiert und archiviert werden!«

»Das werde ich«, versprach Ruth. Bis zuletzt hatte sie daran festgehalten, Konrad Maizelmann zu den Verdächtigen zu zählen, aber nun war alles ganz anders gekommen. Sie deutete auf Rieke Looke und Abbe Larson. »Nehmen Sie die beiden fest«, sagte sie an Dörte gerichtet. »Sie haben gestanden.«

*

Hagen Reese saß mit Peer Wieler am Tisch in der Teeküche der Greetsieler Polizeiwache. Die Verbindungstür zum Büro hatte er offen stehen lassen, und als Ruth und Dörte hereinkamen, erhob er sich hastig, um zu ihnen zu eilen.

»Felix hat Herrn Wieler vorhin bei mir abgegeben«, berichtete er. »Eigentlich hatte ich Büroarbeit zu erle…«

»Ich bin ja wohl kein Gegenstand!«, rief Wieler mürrisch dazwischen. »Langsam habe ich es satt!«

»Sie können nach Hause gehen«, erklärte Ruth dem pensionierten Hauptkommissar. »Der Mann, der Ihnen nach dem Leben trachtete und Tido Looke ermordet hat, sitzt jetzt in unserer Arrestzelle. Und die Frau, die ihm dabei half, haben wir vorläufig in den Verhörraum verfrachtet.«

Hagen sah seine Chefin verdattert an. »Sie haben den Fall gelöst?«

»Es ist unglaublich, nicht wahr?« Dörte verschränkte die Arme vor der Brust. »Ich bin mir nicht sicher, ob mir das Gefühl gefällt, bei der Aufklärung dieses Verbrechens nicht unbedingt gebraucht worden zu sein.«

»Jeder von Ihnen hat seinen Teil zur Aufklärung des Falls beigetragen«, sagte Ruth wie beiläufig und setzte sich an ihren Schreibtisch. »Sie ebenfalls, Herr Wieler!«

»Das bedeutet mir nichts«, gab dieser mürrisch zurück. »Ich bin nur froh, dass ich jetzt endlich wieder ungestört angeln kann.«

ENDE

Ostfrieslandkrimi-Empfehlungen
des Klarant Verlages

Kennen Sie auch schon die anderen Bände der Ostfrieslandkrimi-Serie »**Polizei Greetsiel ermittelt**« von Jan Olsen?

»Die Leiche im Watt«, Band 1
Taschenbuch-ISBN: 978-3-96586-460-3
eBook-ISBN: 978-3-96586-386-6

Eine Leiche im Watt!
Wer ist der Tote mit dem blau-weiß gestreiften Hemd, der ermordet im Schlick liegt? Die Identität des Mannes zu ermitteln, gelingt den neuen Greetsieler Kommissaren Ruth Fasan und Hagen Reese schnell, denn das Boot des Fischers Christian Hellmann ist nicht von der Fangfahrt in dieser Nacht zurückgekehrt. Der tote Fischer galt als störrischer Eigenbrötler, der mit seiner Art manchmal aneckte, aber reicht das für ein Mordmotiv?
  Nach und nach finden die Greetsieler Ermittler heraus, dass mehrere Personen im Umfeld des Opfers offenbar einiges zu verbergen haben. Vorwürfe des illegalen Fischfangs stehen im Raum, und auch Christian Hellmanns Verhältnis zu seinem Bruder wirft Fragen auf. Hat eine ungerechte Verteilung der Erbschaft zur Eskalation zwischen den Brüdern geführt? Mysteriös ist auch der Umstand, dass die Polizei erst durch ein Video auf die Leiche aufmerksam wurde. Und aus irgendeinem Grund wollte jemand, dass die Ermittler genau wissen, wo sich das Opfer befindet …

»Die Leiche im Deichhaus«, Band 2
Taschenbuch-ISBN: 978-3-96586-526-6
eBook-ISBN: 978-3-96586-527-3

»Die Leiche mit dem Teelikör«, Band 3
Taschenbuch-ISBN: 978-3-96586-571-6
eBook-ISBN: 978-3-96586-572-3

»Die Leiche im Meer«, Band 4
Taschenbuch-ISBN: 978-3-96586-622-5
eBook-ISBN: 978-3-96586-623-2

»Die Leiche im Schlick«, Band 5
Taschenbuch-ISBN: 978-3-96586-669-0
eBook-ISBN: 978-3-96586-670-6

»Die Leiche im Sieltief«, Band 6
Taschenbuch-ISBN: 978-3-96586-715-4
eBook-ISBN: 978-3-96586-716-1

»Die Leiche auf dem Gulfhof«, Band 7
Taschenbuch-ISBN: 978-3-96586-774-1
eBook-ISBN: 978-3-96586-775-8

»Die Leiche auf dem Krabbenkutter«, Band 8
Taschenbuch-ISBN: 978-3-96586-827-4
eBook-ISBN: 978-3-96586-828-1

»Die Leiche auf der Deichkrone«, Band 9
Taschenbuch-ISBN: 978-3-96586-866-3
eBook-ISBN: 978-3-96586-867-0

»Die Leiche in Greetsiel«, Band 10
Taschenbuch-ISBN: 978-3-96586-926-4
eBook-ISBN: 978-3-96586-927-1

»Die Leiche bei der Geburtstagsfeier«, Band 11
Taschenbuch-ISBN: 978-3-96586-966-0
eBook-ISBN: 978-3-96586-967-7

»Die Leiche am Greetsieler Hafen«, Band 12
Taschenbuch-ISBN: 978-3-68975-026-8
eBook-ISBN: 978-3-68975-027-5

»Die Leiche im Beifang«, Band 13
Taschenbuch-ISBN: 978-3-68975-104-3
eBook-ISBN: 978-3-68975-105-0

»Die Leiche in der Greetsieler Gracht«, Band 14
Taschenbuch-ISBN: 978-3-68975-174-6
eBook-ISBN: 978-3-68975-175-3

»Die Leiche des Netzflickers«, Band 15
Taschenbuch-ISBN: 978-3-68975-231-6
eBook-ISBN: 978-3-68975-232-3

Klarant Verlag

Lernen Sie die Ostfrieslandkrimi-Titel des Klarant Verlages kennen und besuchen Sie uns im Internet unter:

www.ostfrieslandkrimi.de

und

www.klarant.de

Sie können dort Näheres über unsere Autorinnen und Autoren erfahren, viele weitere interessante Bücher und eBooks finden und Leseproben herunterladen. Mit dem kostenlosen Newsletter auf

www.ostfrieslandkrimi-lesen.de

erhalten Sie aktuelle Informationen rund um das Verlagsprogramm, wie beispielsweise spannende Neuerscheinungen und Gewinnspiele.